侯孝賢（ホウ・シャオシェン）と私の台湾ニューシネマ

朱天文 著
樋口裕子
小坂史子 編・訳

竹書房

朱天文 秘蔵スナップより

1984年、明星珈琲館での朱天文

1982年、『少年』の撮影現場。（右から）侯孝賢〈助監督・脚本〉、陳坤厚〈監督・撮影〉

『少年』には、侯孝賢の７歳の娘も出演した

『少年』は1983年金馬奨最優秀作品賞・最優秀監督賞・最優秀脚本賞を受賞

1983年、『坊やの人形』主演の陳博正と侯孝賢

1984年、朱天文の外祖父の家で『冬冬の夏休み』撮影中の（左から）エドワード・ヤン、侯孝賢、スタン・ライ

1984年、香港で開催された「台湾新電影選」でのエドワード・ヤン、朱天文、香港の監督アルフレッド・チョン（張庭堅）、侯孝賢

1987年、台北アジア太平洋映画祭でのエドワード・ヤンと侯孝賢

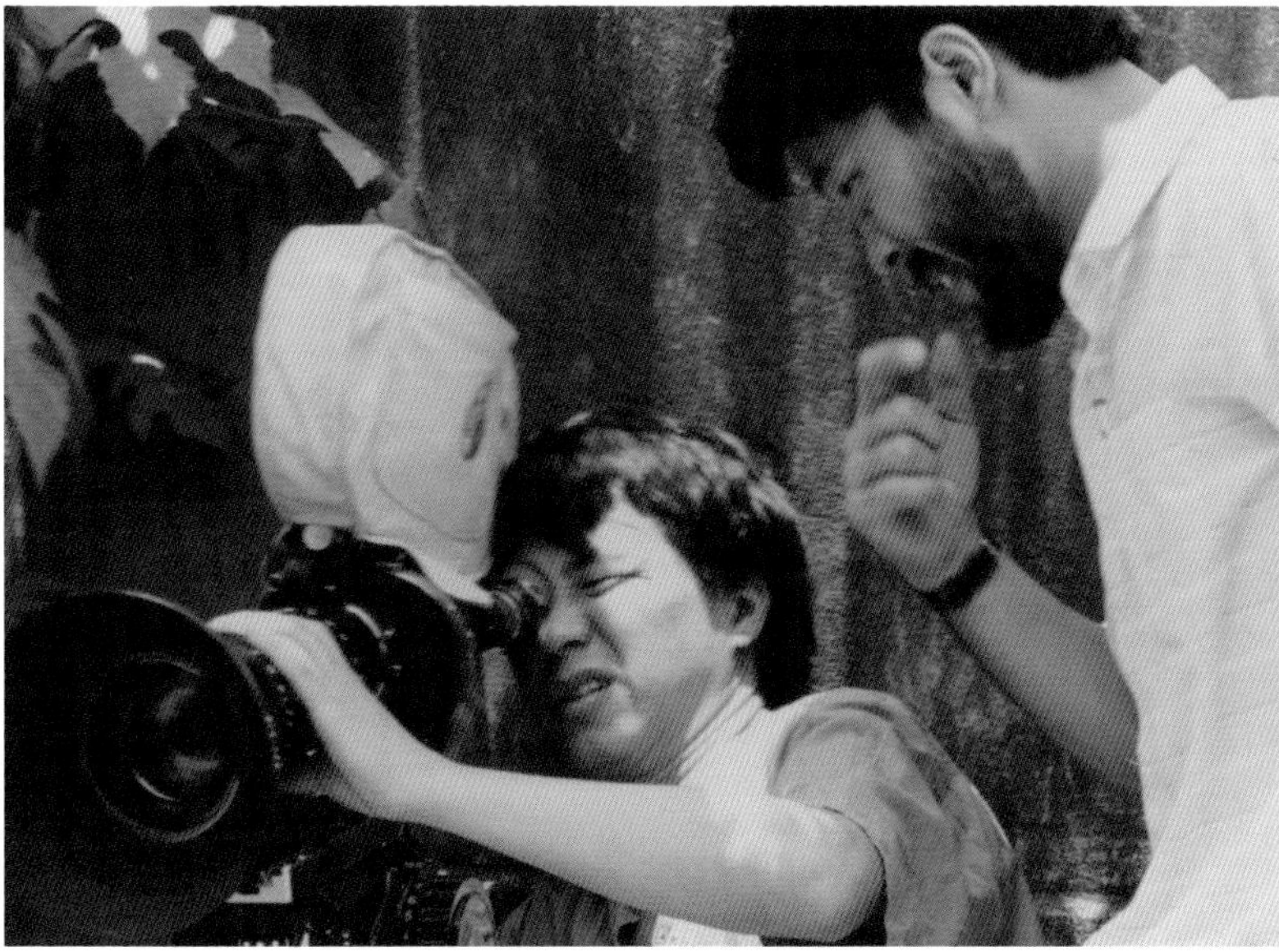

1985年、侯孝賢とカメラマンの李屏賓は『童年往事』で初めてタッグを組んだ

『童年往事』が金馬奨で最優秀オリジナル脚本賞を受賞したときの祝賀会。（左から）スタン・ライ、侯孝賢、蔡琴

1989年、トロント映画祭での『悲情城市』上映後、オリヴィエ・アサイヤスとともに

1989年、『悲情城市』の仕上げ作業を行った東京現象所にて。(左から)録音・杜篤之、録音助手・楊大慶、東京現像所・小尾隆二、侯孝賢、編集・廖慶松、撮影・陳懐恩、通訳・高秀蘭、朱天文

1993年、田壮壮監督(右)の『青い凧』と侯孝賢の『戯夢人生』は前後して東京現像所で仕上げ作業が行われた

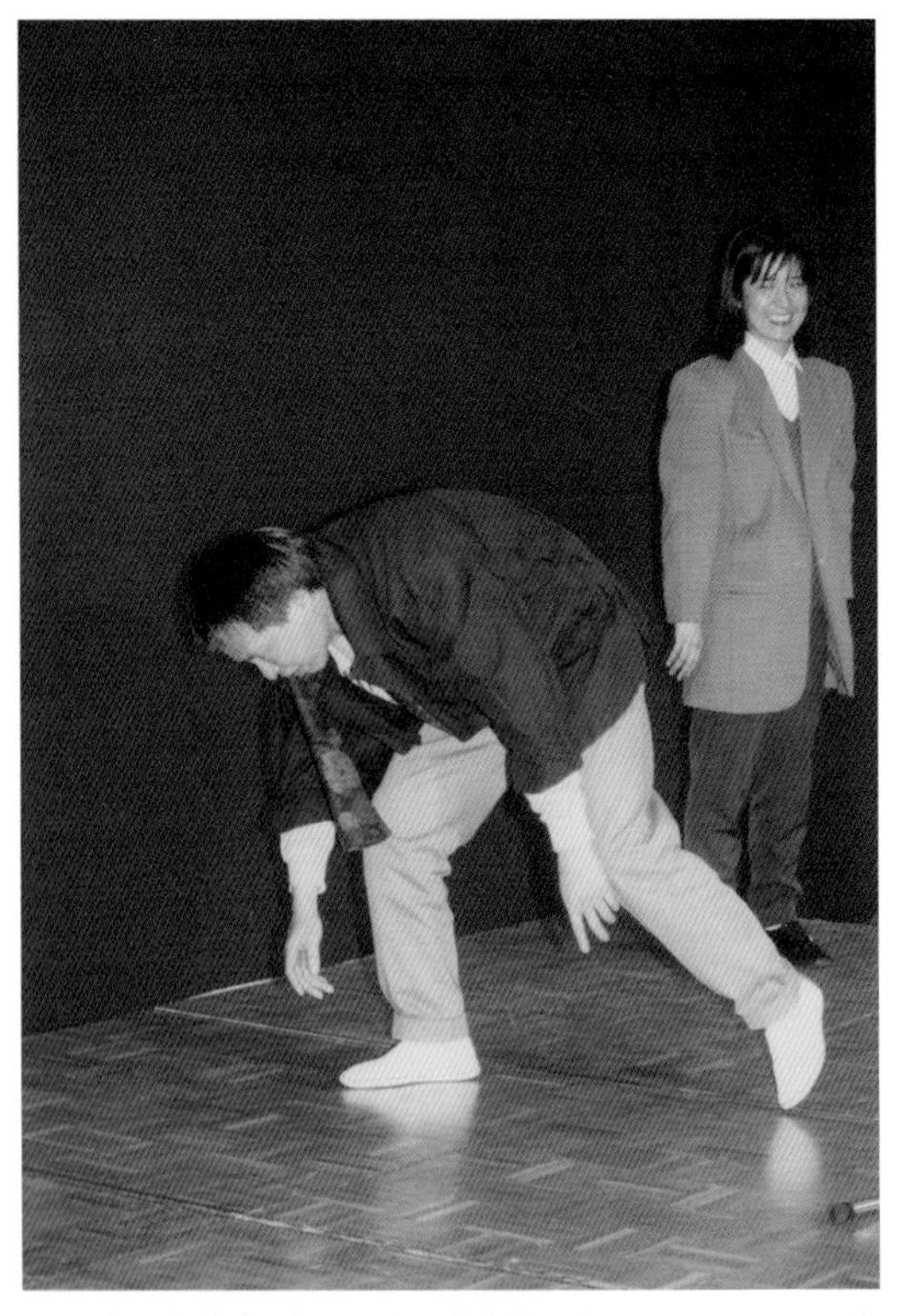

1994年、高崎映画祭で。上野動物園で見たチンパンジーの真似をする侯孝賢。後ろは通訳を務めた小坂史子

侯孝賢と私の台湾ニューシネマ

もくじ

第一章　侯孝賢と歩んだ台湾ニューシネマ時代

第二章 写真が語るあの時 この想い

第三章 侯孝賢を語る・侯孝賢と語る

まえがき

この本に収められた文章は、私が二十六歳で映画業界に入ったときに書いた、映画についての初めてのエッセイに始まり、四十代から五十歳頃にかけて書いた映画コラムまで、そしてまた今回日本語版のために書き下ろした「東京の家」も含まれているが、通して眺めてみて本当に驚き信じられないような気がしている。いつからそうなったのだろう。最初は「何年、何月、何日」の事を記していたのが、いつの間にか十年単位で書き記すような長い時間が経ったのだ。

まるでタイムカプセルのようなこの本には、日本の読者にとっては台湾という異国の時空で起こった不思議な出会いや映画への志が詰まっているのだが、私自身、カプセルを開けて、そこに書かれている内容を読むと、わが身に起こったことなのに、読者よりよくわかっているとは思えない。

それは三十九年前のこと、私は初めて侯孝賢に出会った。「映画界へ」という冒頭のエッセイで私はこんなふうに書いている。

「約束した明星（ミンシン）珈琲館の三階へ、木製の階段をトントン音を立てながら上っていくと、外側をオレンジ色のビニールテントで覆われた珈琲館の室内はほの暗いオレンジ色に染まり、上っていくほど斜陽の中に入っていくように感じた。陳（チェン）さんと侯（ホウ）さんがいた。大理石をはめ込んだ丸テーブルには、トマトジュースとレモンジュースが置かれている。私は紅茶を注文した」

陳さんとは陳坤厚（チェン・クンホウ）のことで、文学賞を受賞した私の小説『小畢的故事（シャオビー）（小畢の物語）』を原作に映画を撮った。晩秋の頃に映画化の権利の話がまとまり、冬には撮り終わった。低予算で、有名な俳優も出ていなかったのに、大胆にも旧暦のお正月映画枠で上映するスケジュールを組んだ。ところが結果的に、台湾の北から南まで各地の映画館では編成を組み替えて次々とこの映画を上映するという大ヒットとなった。そして一九八三年の金馬奨（きんばしょう）で最優秀作品賞、最優秀監督賞、最優秀脚本賞を獲得した。台湾ニューシネマはこの作品に始まると言われるが、それは誰もが予想だにしなかった突然降って湧いたような大豊作がとりわけ鮮烈な印象を与えたからだろう。

この本のブックカバーには、明星珈琲館三階で私と侯孝賢が『冬冬（トントン）の夏休み』の脚本を話し合っている写真が使われている。エドワード・ヤンが撮ったものだ。それは「ありし日の瞬間」。

できることなら、「ドラえもん」の〝どこでもドア〟を借りて、珈琲館の扉を開けて入ってゆき、熱心に仕事をしている若い二人の肩をポンと叩（たた）き、こう言ってやりたい。

「おめでとう。これからあなた方は少なくとも十八本の映画を一緒に創ることになり、華々しく輝く映画の共和国に、唯一無二の貴重な領土を捧げることになるでしょう。あなた方は映画の殿堂に通じる表参道を歩いていく。聖なるものと俗なるものが混じり合い、喧騒の風景が広がっている道を。そこから、高々とそびえる門をくぐり、聖域に入っていく。一つ目の殿堂、二つ目の殿堂、三つ目から四つ目へと進み、ついに高みに位置する本殿にたどり着き、そこに行きついた者にしか見えない至高の姿を目にし、そこに行きついた者しか知ることのない深遠なる境地を知る。そのとき、あなた方ははっきりと悟ることでしょう。それこそが映画が与えてくれる最大の見返りであり、何ものにも代えがたい贈り物なのだと。それがあなた方の一生なのですよ、おめでとう」と。

侯孝賢の飾りのない言い方を用いるなら、彼がよく口にする〝実戦〟ということになる。「どんな事であれ、どんな職業であれ、徹頭徹尾ひたすらやり続ければ、おのずと感動的なものになる。情熱と粘り強さ、それが実戦だ」

私なら、こう言うだろう。眼力と鑑賞力。それは一生に一つの事をやり遂げた人だけが持ちうるものである。すべての見返りはそういう人にこそ与えられるのだ。それが私の目指すものであり、それ以外の何ものでもない。

去年（二〇二〇年）の十一月に行なわれた台北金馬映画祭は、新型コロナの感染拡大が世界中で猛威を振るう中、ほぼ例年どおりに映画の上映と授賞式が開催できたごく少数の映画祭だったが、このとき侯孝賢は金馬奨の終身功労賞を受賞した。映画祭の実行委員会は全会一致でノミネートを議決したのだが、委員の誰もが驚いていた。侯監督はとっくにその賞をもらっていると思っていたのだが、なんとまだだったとは。数年前に、ある映画祭が侯監督に終身功労賞を授与した際、ステージに上がった彼はトロフィーを手に謝辞を述べた。

「終身功労賞？　僕はそんなに年取ったのかな？　まだこれから何本も映画を撮りますよ」

会場にどっと笑いが起きた。

侯孝賢は七十四歳になる。金馬奨の授賞式ではステージ上のスクリーンに、彼への敬意を表す四分ほどの短編が上映された。その中では、監督の長き戦友であるカメラマンの李屏賓（リー・ピンビン）が、『フラワーズ・オブ・シャンハイ』にちなんだ上海訛（なま）りで監督に語りかけている。「侯の旦那、こっちに来て話をしましょうや」と。

白いキャンバス地の野球帽をかぶり、黒いナイロン製リュックを肩掛けにし、足元はいつもの履き古された白い布靴姿の侯孝賢は、目を細めて上海訛りで答える。「映画は語るものじゃないよ、撮るものさ」その言葉が出たとたん、この場面は瞬時にしてＳＮＳで拡散されていった。

ステージ上にはプレゼンターと、多くの人。ニューシネマ以来の古なじみの戦友、後に加わった戦友たちもいる。彼らが謝辞を述べる侯監督をとり囲み、監督が「人を感動させるには、まず自分が感動することだ」とスピーチを締めくくると、またもやその言葉がＳＮＳでたちまち拡散されていく。

そのとき、初老の私（今年から私には台北市政府が発行するシルバーパスを取得する資格ができた）は明星咖啡館に座る若い頃の私に語りかける。「おめでとう。これからあなたには二つの人生があるわね。文学の人生、それはあなたの両親と恩師の胡蘭成（フー・ランチョン）から与えられたもの。そしてもう一つは、奇遇とも言える映画の人生。それはあなたと侯孝賢が共に歩み、切り開く道なのよ」と。

私たちは今も日々、喫茶店へ出かけていく。リーズナブルで庶民的なチェーン店であるダンテ珈琲は、座席にも余裕があり、あまり人目にもつきにくいので、干渉を受けることがない。このダンテは私が住む城南にあり、そこから山沿いの道を歩き旧式の市場を抜けて十五分もすれば繁華街、という立地となっている。侯孝賢にとっては、自宅のある城北を出発し、台北メトロのレッドラインからオレンジラインに乗り換えて四十分の道のりだ。彼は家から最寄りのメトロの駅までの半時間の道のりを運動と考えて、必ず歩くようにしている。風もおだやかな良い天気であれば、体育専門学校の開放された広い運動場を数回歩くというオプションもついている。

脚本を討論しない場合は、各自で読書や仕事をこなす。このあたりは、食事をする場所には事欠かず、日々店を変えることができる。ガチョウ肉ごはん、ベトナムのフォー麺（めん）、スープ入り小籠包（ショウロンポウ）や蒸し餃子（ギョーザ）、エビ入り卵炒飯、酸辣湯（サンラータン）……。晩ごはんを食べ終えると、私の住まいに近いメトロの駅まで歩き、侯孝賢は城北にある自宅へ帰っていく。

私はメトロ駅前にあるセブン-イレブンのイートインで仕事を続けたり、ノキアの〝骨董（こっとう）〟級の携帯電話を取り出して、溜（た）まっていたショートメールに一気に返信したりする。

新型コロナの感染拡大以前に、私は父母に関するドキュメンタリー『文学朱家』前・後編の前編にあたる『願未央』を撮った。コロナ禍の期間はひたすら編集とポストプロダクション作業に専念していて、昨年の金馬奨でプレミア上映を行なった。

『願未央』の〝願〟をここで名詞とみなすと、仏門の人が言う悲願、あるいは中国人の言う「大願は未だならず」、つまり〝未完〟を意味する。また動詞とみなせば、一切が終わらぬことを願い、誰かが引き継ぎ、続けていくことを願うという意味になる。

順調であれば、今年の後半に侯孝賢は『舒蘭河上』をクランクインする。謝海盟（シェ・ハイモン）の同名小説を映画化するのだが、それは（スー・チーが演じる予定の）〝河の神〟と、他者とのコミュニケーションが苦手な子供の友情を描いた物語だ。謝海盟、私はいまだに彼をモンモン、あるいはモンと呼ぶ。彼も、自分の母の姉である私を、幼い頃からの呼び方〝ご主人〟で通している。幼いとき、彼は自分が鹿や羊であると想定して、秋になると白くてふさふさとしたススキの穂をシッポのように付け、私を飼い主つまり〝ご主人〟と呼んでいた。だから彼は主人に帰属する一頭の馬でもあるのだ。

そう、願未央――終わりなきことを願っている。

二〇二一年一月二十八日　台北にて

朱天文

第一章

侯孝賢と歩んだ台湾ニューシネマ時代

映画界へ――侯孝賢（ホウ・シャオシェン）監督と運命の出会い

一九八二年十二月六日

映画監督の陳坤厚（チェン・クンホウ）さん〔＊巻末参照〕から電話をもらった。私の小説『小畢（シャオビー）的故事（小畢の物語）』〔日本では『少年』というタイトルで一九八五年「中華民国台湾映画祭」で上映された〕を映画化する権利を買いたいと言う。そして早速、午後に明星（ミンシン）珈琲館で侯孝賢さんと三人で会うことに決まった。

電話を切ったあと、悩ましい気持ちが沸きおこってきた。というのも、原作者を尊重してくれるような紳士的な態度を持った人が映画界にいるとは思えなかったし、周囲の友人に相談しても、映画業界はあやしい人間が多いから、変なことをされそうになったら、やり返すぐらいの覚悟で気合を入れたほうがいいと、誰もが思っているようだった。私と似たり寄ったりのこの友人たちは、あれこれ対策をさずけてくれたのだが、結局私の不安をなおさら煽（あお）るだけだった。

それに申し訳ないのだが、インテリ気取りの人間にままあるように、私もまた国産の映画をろくに評価していなかったので、台湾アカデミー賞とも言うべき金馬奨（きんばしょう）のセレモニーをテレビで見ていなかったら、『川の流れに草は青々』も、その監督の侯さんのこともまったく知らないままだった。そこで友人の丁亜民（ディン・ヤーミン）〔作家。朱天文、その妹の朱天心らと文芸誌『三三集刊』を創刊。『小畢的故事』や『冬冬の夏休み』などの脚本に参加〕に電話して、ここ数日の新聞の映画・テレビ欄に何か情報はないかと二人で探してみたけれど、何の収穫もなかった。丁亜民は陳坤厚さんが一九七八年の金馬奨で最優秀撮影賞を受賞したこと、そして彼が好きな『小城故事（小さな町の物語）』〔健康写実路線の代表的監督・李行の一九七九年作品、日本未公開〕の撮影も担当したことを知っている程度で、私たちはほかに何の知識もなかった。ここまで無知なのは論外で、ずいぶん失礼な状況だったと思う。そして、自分の無知と愚かさで勝手に用心し、見ず知らずの二人に騙（だま）されないように、身なりもよく考えた。グレーのサージのスーツにハイヒール、ヘアスタイルも長い髪をアップにまとめ、われながら十歳は老けて見えるいでたちだ。そのスタイルでさらに銀縁のメガネでもかければ、そのままシティバンクの女性秘書で通用するほど、驚くべき変身となった。

約束した明星珈琲館の三階へ、木製の階段をトントン音を立てながら上っていくと、外側をオレンジ色のビニールテントで半分覆われた珈琲館の室内はほの暗いオレンジ色に染まり、上っていくほど斜陽の中に入っていくように感じた。陳（チェン）さんと侯（ホウ）さんがいた。大理石をはめ込んだ丸テーブルには、トマトジュースとレモンジュースが置かれている。私は紅茶を注文した。

そのとき、侯さんがすでに結婚していて、五カ月の坊やと、もう七歳になるお嬢さんもいるなんて、思いもよらなかった。童顔で、目が生き生きと力強く輝いている。自分よりさほど年上だとは思わず、何年生まれなの、と私が聞くと、彼は笑った。一九四七年生まれ、私より十歳上だった。

お二人の希望は、映画化に際して、私に脚本執筆を頼みたいということだった。私としては、帰ってから丁亜民に相談するつもりでいたが、はじめて会っただけで、私は陳さんの誠実さ――〝坤厚〟という名のごとく徳が厚い人柄に好感を覚え、また侯さんが読書家なのを好ましく思った。向田邦子のエッセイを偏愛している話に始まり、鍾暁陽（チョン・シャオヤン）〔作家。香港・台湾で作品を発表し、『三三集刊』に参加〕が十八歳のときに『車を停めてしばし借問す』を書いたのがどれほどすごいことか等々……聞きながら私はすっかり驚いていた――ああ、映画界にも彼のように書物を理解する人がいるなんて！

その後、私は丁亜民と一緒に碧麗宮（ビーリーゴン）〔映画館〕に『川の流れに草は青々』を観に行った。少し遅刻したので暗がりを手探りで席を探した。観客の笑い声が耳に入ってくる。とても良い雰囲気だ。私たちも顔を見合わせて思わず笑ってしまった。観客は八割ほどの入りで、スクリーンと客席がほとんど一体となっている。それは京劇の舞台以外、演劇でもめったに見られない効果で、私はそのことに大変驚きながらも心から楽しいと思った。

『川の流れに草は青々』は散文タッチで、観客に映画と関係のないさまざまな連想をさせ、思い出を呼び覚ますような作品だった。私たちが失ってしまった幼い頃の夢や、一生の中で一番楽しく、甘酸っぱい時を思い出させた。それは初秋の陽光を浴びてさらさらと流れる小川の岸辺に白く輝くススキのように、懐かしい想いを抱かせ、どんなに失意のうちにあろうと前に進む勇気を与えて励ましてくれるような映画だった。この作品が子供っぽい情緒に訴えておらず、人間性の衝突をオーバーに描いてもおらず、ごく自然な語り口になっているところがとてもいいと感じた。観終わって映画館を出ると、西門町(シーメンディン)はちょうど灯ともし頃で、人の流れは絶え間なかった。思わず心のなかにこみ上げるものがあり、陳さんと侯さんを見くびっていた自分が恥ずかしく、二人に申し訳なく思った。

その後、数日にわたって脚本を検討し、シーン割りについて語りあった場所は、やはり明星珈琲館だった。明星は洋菓子で有名で、店に入っていくと、ガラスの仕切りの向こうでは、真っ白なエプロンをつけたパティシエがケーキを作っている。毎回スウィングドアから、階段を上り下りするたびに中が見え、うっとりと見とれては、脳に甘い栄養がいくような気がした。明星の隣の店は、排骨(パーコー)大王、向かいの露地には添財(ティエンツァイ)と思蜜(スーミー)というレストランがあり、日本風の店構えで定食もあり、日本食も中華料理も楽しめる人気の店だった。最初の脚本打ち合わせには、小野(シャオイエ)〔中央電影公司のプロデューサー。＊巻末参照〕は都合が悪くて来られなかったが、呉念真(ウー・ニエンチェン)〔脚本家、監督。＊巻末参照〕に手紙を託してきた。封筒には、「天文と亜民へ——製作について」とあり、こんなふうに書かれていた。

「①タイトルについて。『少年・畢楚嘉(ビー・チュウジア)』か？　『小畢(シャオビー)、がんばれ』か？　『怒れる小畢』か？　きみたちの意見を出してほしい。原則として覚えやすくて伝えやすく、テレビで連呼しやすいもの。

②十二月五日にクランクインするので、スケジュールは前倒しで急ぐ必要がある。だから十一月末以前に決定稿が上がるのが望ましい。十一月中にはシーン割りシノプシスを書き上げ、監督

明星珈琲館三階で『冬冬の夏休み』の脚本について話し合う
侯孝賢と朱天文（撮影 エドワード・ヤン）

がロケハンをする。

③人物はあまり多くせず、主人公畢（ビー）少年の個性を際立たせてほしい。個性的であればあるほど良く、とんでもない行動をたくさんやらかし、他人には不可解な人間に描く必要がある。そこが商業的な意図でもあり、作品の特色でもある。

④以前の国産映画とは異なる作品にしたいが、むりやり商業的な角度から考えて作る必要はない。過去の国産映画より良い作品であれば宣伝はうまくやれるし、ヒットにつながる。

⑤きみたちがこれまで書いてきた小説は、複数の人物と、その背後のストーリーをすべて盛り込んでいる。だが、映画はテレビや小説と違い、より新鮮な素材が必要ではあるが、ストーリーと人物はあまり複雑なのは良くない。

⑥その他のことについては、いつでも連絡してください。直接会っても電話でもかまいません。

⑦今回は国産映画製作のすばらしいチャンスで、会社側は干渉しない方針だ。きみたちがしっかりやれば間違いはない。僕や念真（ニエンチェン）が映画業界に入った頃は、きみたちのように干渉を受けないですむ環境ではなかった」

私がこの手紙を書き写しておいたのは、一つには小野（シャオイエ）への感謝の気持ちと、もう一つはこういう理由だった——四、五年前だったと思うが、念真が『聯合報』に発表した「抓住一個春天（春をつかまえて）」という小説に驚嘆したことがあって、時を経ても、今も変わらぬまま私たちが知っている、若くて生命力に満ち、思いやりのある念真だったからだ。もし映画界や社会が複雑な人間の坩堝（るつぼ）であるとしても、そこに小野と念真がずっと親しい友人でいてくれることが本当にうれしかった。

浮き沈みの激しい銀幕の海へ。知らぬ間に私はその水に浸っていたのだ。

十一月二十七日の早朝、私は侯さんと基隆（キールン）路と辛亥（シンハイ）路の交差する十字路で待ち合わせ、脚本を手渡した。侯さんはレンガが残る道の路肩でバイクを停め、脚本を受け取ってそのまま中影公司〈国営の映画会社、当時の正式名称は中央電影公司で、中影は通称。二〇〇五年に民営化〉へ、役者の衣装合わせの写真撮影に向かった。急に寒くなったあの日、侯さんは長袖のシャツの上にカーキ色のアーミーベストを着ていた。ラッシュアワーの車の流れは絶え間ない。彼は横断歩道を渡ってバイクのところに戻っていく。アーミーベストが風をはらみ、帆のようにパンパンにふくらんだ姿が車の流れを縫っていく。それはまるで才気を満載した帆船のようではないか！　そのとき、すでに自分が映画『少年』（原題『小畢的故事』）の最初の忠実な観客になっている、と私は思った。

1985 年、東京で開催された「中華民国台湾映画祭」での『少年』上映時。
会場での朱天文

私たちの安安(アンアン)――『冬冬(トントン)の夏休み』

一九八四年六月一日

（訳者注：『冬冬の夏休み』の主人公冬冬は、企画段階では〝安安(アンアン)〟という名だったが、言いやすさから撮影直前に変更された）

『小畢的故事(シャオビー)』の映画化をきっかけに友人が増えたことは、私にとって、この小説がもたらしてくれた最大の収穫であり、喜びだった。「縁がつながり新たな縁を生む」という言葉があるように、人生の大きな出来事は、なにげない普段の生活の中に、いつの間にかひそかに入り込んでいるものなのだろう。そのときは気づかなくても、のちに振り返ってみてハッと思う。喜びも悲しみも切なさも、すべてはそのような縁だったのだと。

去年の五月、『小畢的故事』執筆中の長かった日々、私の心は暗く重苦しかった。過ぎたことはバッサリと断ち切って終わりにし、アメリカに行ってみようと決心していた。その地で五年の執筆計画を立て、長編を一作書くつもりだった。大陸と台湾両岸の留学生の物語を。ところが、この世のことは天の定めと本人の意志が半々なのか、映画の脚本を書く方向に進んでしまった。それがあんなにも楽しい経験となったので、引き続き丁亜民（ディン・ヤーミン）と一緒に『安安（アンアン）の夏休み』の脚本を書いた。この間のいきさつを語るならば、ただ日々このときこの一刻、一期一会を大切にしたいと思っただけだ。李陵の詩に「嘉会難再遇、三載為千秋」（良き出会いは二度とないかもしれず、別れて三年は千秋のように長く感じる）とあるが、つらく短い人生に、得難い出会いがいくたびあるだろうか。

映画図書館に行って『恋は飛飛（フェイフェイ）』〔原題『倘如彩蝶飛飛』。一九八三年のぴあフィルムフェスティバル海外招待作品〕を観た。陳坤厚（チェン・クンホウ）監督、侯孝賢脚本のこの映画は、今年五月に東京の映画祭に出品されたが、主催者が台湾に作品選定に訪れた際、十数作品の中からこの一本だけ気に入り、坤厚たち自身も不思議に思ったそうだ。手紙で問い合わせたところ、返信には入選の理由がこのように書かれていた。「日常の暮らしの中で普通の人が出会う普通の出来事を表現し、映画祭に出品された各国の作品の中できわめて大きな特色を持っていた」と。

私はこの映画を観て、最初から最後までずっと笑いっぱなしだったが、特に脚本の視点から、「ああ、映画の脚本というのはこんなふうに書けるんだ！」と大いに驚き感嘆すると同時に、侯孝賢がよく言っている、脚本のリズムと呼吸の仕方がやっとわかったような気がした。さらに生活の中に題材を取っているのがとても良かった。生活を描くことは最もたやすく、また最も難し

『冬冬の夏休み』撮影時の侯孝賢

いものだ。それは単にテクニックの問題というよりは、心構えと気持ちが大事なのだ。もし映画言語（ショット）を小説家の筆致に例えるならば、彼らの映画の淀(よど)みなく自然な筆運びを、私は愛する。

侯孝賢と陳坤厚に張華坤(チャン・ホアクン)〔プロデューサー＊巻末参照〕と許淑真(シュー・シューチェン)〔脚本家、助監督〕の二人を合わせて「四人組」と呼んでいいだろう。『少年』は彼らが創った会社、萬年青(ワンニエンチン)公司の最初の作品で、それ以前には『川の流れに草は青々』『恋は飛飛』『ステキな彼女』『蹦蹦一串心（ドキドキときめく胸）』〔日本未公開。一九八一年、陳坤厚監督〕『風が踊る』『天涼好個秋（涼しい秋）』〔日本未公開。一九八〇年、陳坤厚監督〕『我踏浪而来（波に乗ってやって来た）』〔日本未公開。一九八〇年、陳坤厚監督〕を一緒に製作していたが、すべて侯孝賢が脚本、陳坤厚が撮影で、交互に監督をしていた。『恋は飛飛』のタイトルはあまりにも軽い感じだったが、結果的にずれていなかったのは幸いだった。『蹦蹦一串心』は、私が連続テレビドラマを書くためにプロデューサーの朱朱(チューチュー)に自宅に缶詰めにされていたとき、毎日夕方になると、物売りのバンが路地口にやって来て、〝胸はドキドキ頬を染めて〟と映画の主題歌を拡声器で同じ調子で流すのだが、それを聞くと疲れた頭がよけいに真っ白になった。ところが恐ろしいことに、なんとある日、顔を洗い歯みがきをしていて、自分がその歌をハミングしていることに気づいたのだ。だから私は、その映画は死んでも観ないと心に誓った。当時は瓊瑤(チョン・ヤオ)〔小説家。ラブロマンスの名手でベストセラー多数〕の文芸ラブストーリーが大流行だったので、彼らが製作した一連の商業恋愛映画もみなヒットしていた。『恋は飛飛』は同ジャンルの最後の一本で、そのあとは路線変更をして、『川の流れに草は青々』を撮り、『少年』、そ

1980 年、『我踏浪而来（波に乗ってやって来た）』撮影時の侯孝賢と陳坤厚

して『安安の夏休み』を製作することになった。

侯孝賢たちは商業的な文芸ラブストーリーとして、『恋は飛飛』のような映画を撮ったが、製作の流れをたどれば、その後『川の流れに草は青々』や『少年』が生まれたことは決して偶然ではない。映画を製作していると、どうやらより明るく健全で、リアルな色調を好むようになるようだ、と淑真は言った。実際、彼ら自身がそのような人柄である。「維摩一室にありて多病といえども、天の花をもって道場と為す」〔大乗仏教の経典『維摩経』より〕というように、この世界がどんなに病んでいようとも、創作者は花を撒く天女の役割をにない、この大きな病室を道場に変えていけるだろう。私は、そんな彼らの人となりと作品に貫かれている誠実な想い、そして聡明さを好ましく思った。

いちばん年長の坤厚は、スニーカーとジーンズのスタイルを好み、せっかちで、怒るとムッツリと黙りこみ、やせた顔が一層やせて見えた。まさにオールドボーイだ。孝賢は見た感じはいい加減で悠々としている。淑真と私が仲良くなったのは、二人とも張愛玲（アイリーン・チャン）〔作家、一九四〇年代から多数の作品を発表し、映画化された作品も多い。朱天文の文学の師であった胡蘭成と一時結婚していた〕の小説が好きだったからだ。親しくなるほど彼女の美しさに気づいていったのだが、理知的な美は、特にその細く通った鼻筋と口角、ゆったりと広い額によく表れていた。彼女は気分が乗っているとき、天気のいいときには、すごくモダンで洗練されたオシャレな身なりをしたが、それは他人に見せるためではなく、単純に自分が楽しいからだった。配給担当の張華坤は、最も信頼のおける親分肌のプロデューサーで、しゃべるとき、〝クソッ〟という口癖が句読点の代わりに必ず入り、そのサバサバとした口調があまりに面白くて、

カラオケに興じる侯孝賢と張華坤

いつも大笑いさせられる。

とても印象深いことがあった。中影のスタジオへ『安安の夏休み』の脚本を届けた日のことだ。淑真は前日に急性腸炎になり、体が衰弱していたので、みんなで彼女の車に乗り樹林（シューリン）にある家まで送ることになった。坤厚がハンドルをにぎって、孝賢が助手席に座り、関係のない私も一緒に行った。淑真の家は雑貨店を経営しているが、住まいは別の場所にある。男性二人は代わるがわる「別荘だ、別荘だよ」と言い立てている。その家は二階建ての洋館で、狭い坂道を下って曲がったところに門があった。淑真は車を降りて鉄柵の門を開け、車を中へ誘導した。そこから車庫へ入れるにはかなり技術が必要だったが、坤厚はすいすいと車庫入れをやってのけた。家の廊下には盆栽が所せましと並んでいて、バルコニーの低い手すりの際（きわ）には丈の高い赤い花の鉢植えがあったが、高台で風が強いせいか、あるいはたった一株だけだからか、とても不安定な様子に見えた。

私たちは大通りへ戻ってタクシーを拾って帰ることにしたが、淑真は鉄柵につかまって、レリーフのある欄干に登り柵の隙間から伸ばした手を振っている。青白い顔はまるで少女のようで、かすかに笑みを浮かべ感謝を示していた。春なのに、秋が深まる頃のような砂嵐が吹いているので、風がまた強く吹いたら欄干に乗っている彼女が吹き飛ばされはしないかと心配になったほどだ。二人の男たちは振り返って彼女にさよならと手を振っている。坂道なのでとても高く見える空は、砂塵（さじん）が強く舞い上がり、ブルーグレーの色になる。突然、私は怖くなった。いつか彼らの

『冬冬の夏休み』撮影時。父親役を演じたエドワード・ヤンと侯孝賢

友情が壊れる日が来て、消えてしまうかもしれないと思ったのだ。この時を留めておきたい、心に刻んでおきたい。丈高く咲くあの赤い花に誓おう、映画の未来のために歴史の目撃者となろう――それはなんとも現実感のない偉そうなことではあるが、それでいいではないか。

「志高き者は日の短きを惜しみ、愁(うれ)い人は夜の長きを知る」という言葉がある。私はただ、日が短く夜が長い苦しみをほかの人より多少知っているにすぎないが、こんなにも切ない想いにとりつかれるのは、予想外のことでもあった。

でも、『安安』の撮影がもうすぐ始まることはとてもうれしい。インスピレーションは張安槿(チャン・アンチン)の小説『流放』より得て、妹の天心(ティエンシン)の小説『緑竹引』、古梅(グー・メイ)の『夏堤河之戦』など数多くの作品からヒントを得た。この映画はたぶん、母方の祖母が日本土産(みやげ)に私に贈ってくれたスカーフのようなものになるだろう。ピンクの地に銀糸を散りばめたスカーフを太陽に透かして、縦糸横糸の織り成すさまを見た、私の懐かしい思い出のように、坤厚の、孝賢の、彼らの考えと誠実さを混ぜ合わせ、誰もが愛せる美しい織物を一緒に織っていくのだ。私たちの『安安』を。

初めての侯孝賢論

一九八四年十月二十一日

『風櫃（フンクイ）の少年』で今年の金馬奨の最優秀作品賞と最優秀監督賞にノミネートされた侯孝賢は、去年の十月に同作を撮り終えてほぼ一年経（た）った今、新作の『冬冬の夏休み』を世に送り出した。

この二本の映画の脚本担当として、一文字一文字がどのように映像として生まれ変わって多くの観客の前に姿を現したのかを目にするにつけ、撮影からラッシュフィルム、編集、アフレコ、整音、効果音、音楽、ミキシング、字幕撮影で完成するまで、私にとって、いずれのプロセスもすべてが奇跡だった。映画の奥深さと高みに一歩ずつ近づきつつ、映画製作が思ったよりずっと大変であったり、また思いのほか容易であったりしても、最終的に行きつくところは創作者、つまり監督本人であることに気づいた。その人の考えと性格がストレートに作品の色、匂い、確かな手触りとなってゆくものなのだ。

しかし、今私たちを取り巻く映画製作の条件と環境は、たいていの場合、個人の色彩を一番下に埋もれさせてしまう。作品は一本一本が、個人の〝著述〟の頂点であるはずなのに、私たちはいまだにマーケットや興行収入、その他諸々が一緒くたになった混乱状態の中で前に進むことを模索するだけで、創作者本人の思考パターンや感情表現は論外と言わんばかりだ。創造と発明によって生まれた傑作の中に、私たちは一人の人間として、表現者の知恵がかくも輝かしくかつ大きな力を持ち、人々の心を喜びで打ち震わせるのを目の当たりにした。だから、侯孝賢が『風櫃の少年』に込めた熱い想い、ゆるぎない映画言語、個人のスタイルを創りあげた大きな第一歩を見て、私たちはあんなにも喜びと感動を覚えたのだろう。そして、彼の二歩目が果たしてどのようなものなのか期待したわけだ。

もし『風櫃の少年』が雰囲気と趣で、ドラマというより散文的な映画であるなら、『冬冬の夏休み』はひたすら語り続ける小説的な映画だ。『風櫃』のすっきりして味わい深い個人主義的なスタイルから、『冬冬』になると、侯孝賢は意欲的に個人主義を突破し、台湾独特の風土と情感を背景としたスタイルを確立したように見える。子供を主役にすえて、都会から田舎の祖父の家に来て夏休みを過ごす男の子を描くことで、土地に根差した庶民の賑わいと旺盛な生活力を撮ろうとした。だが完成した作品は、やはり『風櫃』の冷静なトーンを保ち、最初の意図から離れて、大人の世界をかいま見て、わけもわからず悲しくなったり後悔したりする少年の想いを描いていた。

侯孝賢はため息をついて語る。「形式やテクニックは、僕にとってはもう問題じゃない。難しいのは内容なんだ」

「この映画には、あちこちに技巧の痕跡が見てとれる。本当はこういう題材なら、シンプルでおおらかなスタイルであるべきで、もっと伸び伸びと撮ったらよかった」

侯監督と編集の廖慶松（リャオ・チンソン）〔＊巻末参照〕が『冬冬の夏休み』で一番気に入っていたのは、結局のところ、冒頭のドキュメンタリータッチで撮った中正国民小学校の卒業式のシーン、そしてストーリーと直接かかわりがあるようなないような二、三カ所の何気ないカットだった。「映画についての僕の自覚はとても遅くて、撮り始めてずいぶん経ってからだ。以前、僕が撮った映画はあんなにも伸び伸びとして自然だったのに、自覚してからの作品のほうが、容易ではなくなっている気がする。だけどその頃に戻ろうとしても、不可能だから」と侯孝賢は言う。

侯孝賢が形式とスタイルについて自覚を持つようになったのは、去年、『坊やの人形』を撮り終えてからだ。彼は陳坤厚（チェン・クンホウ）と組んで十数年になり、台湾本土出身の新世代を代表する優れた映画製作者だから、映画を学んで帰国した海外留学組のエドワード・ヤン（楊徳昌）〔＊巻末参照〕や曾壮祥（ツェン・ツァンシャン）〔＊巻末参照〕、萬仁（ワン・レン）〔＊巻末参照〕、柯一正（クー・イーチョン）〔＊巻末参照〕等とは、似て非なるものがあった。

侯孝賢の状況は文学者の沈従文（シェン・ツォンウェン）〔湖南省出身の作家。一九二〇年代に文学を志す。北京大学、西南連合大学教授を歴任。代表作に『辺城』など〕を想起させる。一九二〇年代当時、湖南省の農村から上海に出てきた沈従文は、新しい文学運動に連なる精鋭たちに出会った。そのとき彼は驚き興奮し、また自らの力不足に忸怩（じくじ）たる想いを抱きつつ、新しい知識、新しい理念に対して手放しに共感し、大いに心を動かされたのだった。つまり、これと同じような衝撃を受けて、侯孝賢の『風櫃の少年』は誕生したのである。

先日、ニューヨーク帰りの映像編集者、鄭淑麗（ジョン・シューリー）さんに会った。彼女はここ数年の国産映画をひととおり観て、侯孝賢の作品にあふれるオリジナリティが放つ輝きと暖かさに非常に感嘆し称賛していた。侯孝賢作品には、監督が題材に向き合ったときの主体的で力強い感応が見てとれ、技巧的に題材を分析したり表現したものではないと述べた。鄭さんは国産映画の質が飛躍的に伸びたことを喜ぶ一方で、その場にいたオーストラリアの作品選定者にこう懸念を述べた。「たとえば彼らの活力――映画の技術的レベルがまだ低い第三世界では、映画の先進国にはないようなものが往々にして生まれる――そういう活力を、彼らは学んできた多くのテクニックやスタイルで覆ってしまいそうになっている」と。

鄭さんの言いたいことは、私にはよくわかる。それはおそらく私たちが洪通（ホン・トン）〔台湾の農民画家、東方のピカソと称される〕の民俗画や陳達（チェン・ダー）〔台湾の民謡歌手〕の民謡が都市化してしまうのに否定的になったり、日月潭（リーユエタン）の山村の風景が商業化してしまうのを嫌がるのと同じようなことだろう。もちろん、鄭さんはヨーロッパの人が東洋の異国情緒に憧れるような程度の意味合いで言っているのではない。

ピカソはアフリカの原住民のトーテムに絵画のインスピレーションを模索し、一九五〇年代のアメリカで流行った音楽も黒人のブルースから発展したロックだった。またガルシア＝マルケスの豪華絢爛（けんらん）で壮大なマジック・リアリズムは、瞬（また）く間にひ弱で優雅な欧米文学に取って代わった。それと少し状況は違うが、数千年前に『楚辞（そじ）』〔中国最古の詩集〕が生まれた土地〔中国の南方、湖北省、湖南省あたり〕の豊かな湖水、

『風櫃の少年』撮影時。（左から）陳坤厚、侯孝賢、朱天文

生い茂る草花、神話や伝説の多さが強大な気運となって、北方の『詩経』の正統に注ぎこまれ、のちに漢代に栄えた華麗な韻文「賦（ふ）」が生まれたのだ。

このような例を挙げたのは、沈従文と侯孝賢の類似のゆえであり、私たちが今いるこの場所が、楚の国からすればさらに南、さらに強烈に、生い茂った草の匂いがするからだ。

侯孝賢が育ったのは、そういう場所だった。

彼が遅々として自覚せずにいた混沌（こんとん）の時期とは、幼年時代を過ごした鳳山（フォンシャン）の生家近くにある土地神様を祭る廟（びょう）の前に植わるガジュマルの下、毎年一度開かれる南部七県市が主催する歌仔戯（コアヒ）〔台湾語のオペラ〕と布袋戯（ポテヒ）〔伝統的人形劇〕の大会、脳みそが空っぽになりそうにガンガン鳴り響くその銅鑼や太鼓のけたたましい音、あらゆる武侠（ぶきょう）小説を読みつくしたのち、金杏枝（ジン・シンジー）〔一九五〇～六〇年代の通俗小説の作家〕を読み、『籃球情人夢』〔禹其民の小説、一九六二年出版のラブロマンス〕を読み、ターザンとロビンソン・クルーソーを最も愛したその頃だ。台湾南部のうだるように暑い夏、降りしきるようなセミの声の中、ぞうり履きに木綿の短パン姿で、大通りから路地裏まで駆けまわり、太い眉をきつく寄せて、「十歩に一人を殺（あや）め、千里を超えて行く」と侠客を気取っていたその頃だ。

彼の人となりと作品において、このような気質は、熱い義侠心や豊かな情感表現、そして、いつどこでも持ち続けている余裕のある大らかな雰囲気として現れている。

しかし、侯孝賢もついに自覚すべきときが来たのだ。自覚したことで、落ち着いて物事が整理でき、優れた才能がきわだってきた。『風櫃の少年』は淡々として以前の作品とはすでに異質だったが、『冬冬の夏休み』の後半は特に精巧に作られていて、本人も居心地が悪そうに、「自分の作品じゃないみたいだ。テクニックが見え見えだよ」と言った。だが、すぐさま、興が乗った様子で新しい作品への意気込みを語った。「次は妻の母親の物語を撮る。テクニックもスタイルもどうでもいいぐらい豊かで感動的なすごい映画を撮るよ！」と。

　作品に対する侯孝賢の真剣な喜びと苦悩は、どんな作者も創作の過程で気づくものだが、結局は己と向き合い、闘うしかないということにあった。最も手ごわいのは現在の自分が、過去の自分、そして未来の自分と競うことで、それは危険で寂しい道のりだと気づいたのだ。

　呂学海（リュー・シュエハイ）〔生涯教育の提唱者、実践家〕は、「侯孝賢には独特の気迫がある」と言っていた。

たしかに、侯孝賢が私たちに自信を与えてくれるのは、彼がいつも男らしくて明るいからだ。宗教家の悲壮な心情で芸術の殿堂に向かって巡礼するのではなく、また革命家のように孤独で熱狂的に、この二年来の台湾ニューシネマを推し進めることに身を捧（ささ）げているのでもない。今、映画業界全体が複雑で無力な環境にあって、つらい顔も見せず、世を憤らず、ただ元気いっぱいに自分がしたいことをしている。しばしば躓（つまず）きもするが、彼はすぐに起き上がり、いつもまた嬉しそうに歩き出すのだ。

『台北ストーリー』とヒロイン蔡琴（ツァイ・チン）

一九八五年一月二十五日

イントロダクション

蔡琴〔一九七九年にデビューした人気歌手〕は結局のところ美人なのかそうでないのか、学生たちの間で議論になったと銘傳（ミンチュアン）大学に通っている友人が言っていた。そして蔡琴自身、こんな会話を実際に耳にした。レコード会社の前を通りかかったある若い夫婦が、蔡琴の新曲のジャケット写真を見て、妻のほうが「蔡琴はますますきれいになったわね」と言うと、夫が「ハイテクの産物だよ」と応（こた）えた。夫婦は蔡琴が美容整形をしているかどうかを話していたのだった。蔡琴はこの夫婦の後ろに回り込み、二人が振り返ってちらとでも自分を見てくれないか心底願ったと言う。蔡琴が美しいのは間違いなく彼女の聡明さによるものだと私は思っている。聡明で生き生きとしたその姿が、歌謡界で特別な存在となっていて、それを〝蔡琴神話〟と呼んでもよいのではないだろうか。

これまでずっと、蔡琴の歌は上質で深い情感を表現する実力派のイメージがあり、学生やインテリ層に受け入れられてきた。〝蔡琴神話〟は大衆の中の正統派、つまり穏やかで精神的にも成熟した階層を代弁している。トレンドから人々の心理を考えてみると、彼女と比較するなら、羅大佑（ルオ・ターヨウ）〔シンガーソングライター。七〇年代後半より活躍〕はヒューマニズムとイデオロギーで若者たちを惹（ひ）きつけ、あるいは李恕権（リー・シューチュエン）〔八〇年代の人気歌手〕は商業的なセールス戦略で少年少女にアピールしているが、蔡琴は流行の波が逆巻く水面よりずっと深いところで穏やかな流れを保ち、より一般の人々に近いポジションにいる。

というのも、普通の人の感情はさほど極端でも激烈でもないから、若者たちのエキサイトぶりに対して、たいていは「彼らもそのうち大人になるさ」とさらりと好意的に受け流す。実際、若者も結婚して家庭を持てば、落ち着くようになる。落ち着いてしまうと平凡で俗っぽくなるとみなされてしまうが、「愛情はきちんと食べられてこそ長続きする」というように、普段の生活の中にこそ最もストレートな道理、最もシンプルな知恵があるものだ。ささやかな暮らしには、誠実さと気力が必要で、塵（ちり）やほこりにまみれて苦労をしなければならない。それを平凡な生活というならば、私はただただ感嘆するばかりだ。とても自分のできることではないと思うから。

蔡琴と少し親しくなってから、彼女はたしかに世慣れた人だとわかった。女性を評して内面の美しさなどと言うが、それはたぶん最もつたない誉め言葉かもしれない。蔡琴の美しさはもちろん内面の美というようなものではない。少なくとも一般的に求められる女性の美徳というものを彼女はまったく持ち合わせていないようにも見える。ときに彼女はとても大胆でさえあり、大ざっぱで、さばさばしている。だが決してキャリアウーマン風でも男っぽいタイプでもない。そういう人なら好まれなかったと思う。

芸能界には、嘘っぽいつきあいや、芝居じみた行為があまりにも多いが、彼女は迎合するタイプではないのだ。確かな手ごたえのある生活を求め、多くの人が好む洒落(しゃれ)たムードの恋愛など望まない。恋をするなら、結果を求める。結婚はムードだけでするものではなく、情熱を傾けるべきものだ。普通の女性が持てるはずの、あたりまえの結婚生活、肉体的な夫婦関係も含むすべてを彼女は望んだ。そういう充実した生活の中でこそ、気力が満ち足りて、はつらつとしてステキでいられるのだ。だから、蔡琴の美しさは、ごく普通の人の魅力だと言っても、誤解は招かないだろう。

蔡琴はもともと幼稚なところがなかったかのように世慣れている。でも、まじめで、一生懸命に頑張る人だ。まじめさゆえに、大らかではあるが是非の判断が的確で、遠回しで煮え切らない状況は性分に合わない。なので、彼女はよく他人の感情を害する。しかしそれを恐れたりせず、立ち位置がわかっているので、自分を主張し過ぎたり卑屈になったり、大げさに騒いだりしない。するとしばらく経ってから、相手は蔡琴の実力とふところの深さを感じて、ふたたび彼女のところに戻ってくるというわけだ。

あるとき、エドワード・ヤンが彼女に感嘆して言った。「蔡琴は人間が豊かだな。何でもわかっているよね」と。その意見に私も同感だ。蔡琴の主張は面倒な現実を通り抜けてきたものだから、彼女の言うことはすべて本心で、そこに嘘はない。しばしばいろんなことが複雑に入り組んで怒りを爆発させるのだが、それはまさに生命力の強さなのだ。何かに対して彼女は真剣に好きになり、あるいは真剣に嫌いになり、自ら手を差し出して何とかしようとする。だから彼女のいるところ、いつも何かが起きている。自分のまわりにオーラを放ち、親しみやすく賑（にぎ）やかな雰囲気を創っている。

　蔡琴は言う。「私の歌は娯楽なのよ」と。歌で大衆を教育しようとか、羅大佑みたいに聴く人を挑発しようとか、蘇芮（スー・ルイ）〔人気歌手。哀愁を帯びた歌声で一九八三年に映画主題歌が大ヒット〕みたいに媚（こび）を売ることもしない。彼女の歌はおおらかで、とても心地よい。それこそ歌の芸術と言うべきもので、だからこそ息長く歌える。かつて彼女は、ある映画会社から出演のオファーを受けたが、まったく取り合わなかった。それが今回、エドワード・ヤンから『台北ストーリー』の主演を請われて快諾したのだから、世間をよく知る聡明な彼女らしい決断だ。ときおり映画撮影について彼女といろいろ話すが、いつもそれなりに筋が通っていて、何気なく話していても、聞く側は興味を引かれる。というわけで、蔡琴にインタビューしてみたいと思った。

『台北ストーリー』宣伝用のスチール撮影。
（左から）エドワード・ヤン、蔡琴、侯孝賢

蔡琴の答え

ヒロインの阿貞（アジン）を蔡琴が演じた。彼女とアジンはまったく性格が異なる。初めて小説を書く作家なら、たいてい自分がよく知っている身近な人物や物事を題材に選ぶので、自伝的色彩が濃厚になり、またそれこそが最も自然に感動を呼ぶ手法でもある。

蔡琴は初めての映画出演で、別の人格を演じるわけだから、かなりの冒険だっただろう。

「自分自身を演じるのなら、たぶん演技ということについて、こんなにすんなりと理解できなかったと思う。アジンを演じてみて、自分の中にあんなにもいろいろな面があったことにはじめて気づかされた。それを全部表現できて、夢中になれたし、面白かったわ。演じることは〝真に役になりきる〟ことなのね」

誰かになりきるということで言えば、蔡琴のレコードの宣伝用写真を撮ったことがある写真家のアンディがこんなことを言っていた。「写真撮影のモデルというのは、実生活の雰囲気を身につけたまま直接カメラの前に立ってはいけない。むしろ現実を飛び越えて、日常の雰囲気とは距離を置くことが求められる。それが〝誰かになりきる〟ということだ」と。アンディはかつて、こうした理屈をわかっていない映画スターの写真を撮ることになったのだが、映画の撮影ではないので、日常を引きずったままカメラの前に立つだけの相手を前に、とうとう写真が撮れなかったという。一般的なモデルは〝表面だけ〟でなりきり、見る側にもそれが伝わる。真に〝なりきる〟のであれば、虚構だとわかっていても観客の喜びや悲しみという共感を引き出すことができる。つまりそれが演技の基本ではないだろうか。

阿隆(アリヨン)役は侯孝賢が演じた。蔡琴の相手役が侯孝賢と聞いて、誰もが驚いて笑いをもらしたのは、おそらく侯孝賢が普段からおふざけが好きなのを知っているからだ。親しい友人たちは、彼が主演をやれるなんてとても信じられなかった。それに蔡琴とはよく冗談を言い合っていたため、クランクイン前、彼女は、侯孝賢の顔を見ただけで笑ってしまってNGでフィルムを無駄にしたらどうしようかと心配していた。侯孝賢の顔は満月のようにまん丸で、カメラに映るとまるで大きな丸餅みたいだったので、〝ピザ・ハット〟をもじって〝ピザ・ホウ〟という芸名もついていたのだ。

「私たちは毎回真剣に演じたのよ」と蔡琴は語る。「映画はワンカットずつ撮っていくでしょ。でも、私のカットじゃなくても、侯孝賢に合わせて演技をしているから彼も役に入れるし、逆に私もそうだった。そこに相手がいないのにいるようにセリフを言って演技をするのは私たちには無理だった。ワンカット、ワンカット、真剣にやるから神経が疲れきって、自分が空っぽになったような気がした。だから、他の仕事を合間に入れるなんてできるわけない。演者はとにかく精神状態に余裕があって体力も十分でないとね。でないと、観客が観たとき嘘っぽいと思われるでしょう。私と侯孝賢は同じカットを何テイク繰り返しても、毎回本気で役に入っていたわ。あんなにも真剣に演じた瞬間は、とても忘れられるものでなくて、その感情にどっぷり浸かって抜け出せないほどだった。でも後日、ラッシュを見たとき、すごくがっかりした。どうしてもちょっと何かが違う気がして、撮影現場でのあのときの感激に及ばないと思えて、すごく悲しくなった」

みんなでラッシュを見てから食事に行くとき、車の中で蔡琴が、スクリーンで観たときの気持ちは撮影現場での感動に及ばないと言った。それを聞いてエドワード・ヤンが苦笑いするのを彼女は目にした。すると侯孝賢が、そうじゃないよ、経験がないからそう思うだけで、音楽や効果音がついたら全然違ってくるから、と言った。けれどそのとき彼女は、ただどうしようもなく切なくて、車の窓から見える街を眺めながら、泣きそうになったのだと言う。

アジンのアパートでのシーン。二人の間にはテーブルがある。アリョンがアジンに金（かね）は足りているのかと聞くと、アジンは、私が何を必要としているかあなたは知らないし、アメリカから帰ってから、私とろくに話もしていないと不満を言う。最初のテイクはNGだった。エドワード・ヤンは、全然ダメだと言って、蔡琴が腰かけているイスの前にしゃがみ込み、低い声で言った。「僕がほしいのは、こんな感じだ。ここに沈み込むような低い感じ、ずっと低い……」と彼は両手を水平に広げ、下に向けて押さえるようにした。そうやって演技をつけたわけだ。

その後ふたたびカメラが回り出したとき、たしかにさっきとは違った。おそらく観客にもその違いは伝わるだろう。テーブルに下がった電灯が放つオレンジ色の光がじわじわと沈殿してゆき、暗い黄色が床に浮かぶ。アリョンとアジン、二人の情感が長い月日の間に積み重なり、色と重さをともなって下に沈む。一方、二人の言葉は無色で希薄な空中をゆきかうしかなく、すれ違うだ

『台北ストーリー』より

けで合わさることはない。蔡琴から放たれる光はすぐさま、その場の雰囲気を変化させた。彼女は監督が求めるものを的確に把握し、表現してみせた。エドワード・ヤンはその想いを感じ取り絶賛した。

侯孝賢はこんなふうに言ったことがある――心底から映画に感謝したいと突然思った。もし映画がなかったら、自分の居場所がわからなかっただろう。仮にそのままでも、ほどほどの人生だったかもしれないが、永遠に今のこの自分にはなれないまま、一生が終わったと思う、と。エドワード・ヤンも蔡琴もこんなふうに映画創りを体験しつつ、一歩ずつ人生の道のりを歩んでいくのだろう。

歌と演技の違いはどこなのか蔡琴に聞いてみた。「朝、目覚めて、もう死んでもいいと思うことがある。あなたたち小説を書く人は、毎日自分にやる気を出させるでしょう。何かを見つめて、それを書くようにと自分の声が呼びかける。だから毎日が新しくて、充実した日々を過ごしたいと思うはず。歌を歌うことはとても楽しいけれど、そういうものを得られないの。カメラテストのとき、孝賢と長いセリフを交わす場面があった。最初は少し心配だったけど、すぐに役に入っていけて、心配はすっかり吹き飛んだ。そして、自分でアジンという役に肉付けしていった。どんどんそれができて、具体的にたくさん表現できることがわかったの。あの日は本当に自分でもうれしい驚きを感じたし、ターニングポイントだったのかもしれない。以前は自分に演技ができるなんて考えてもみなかった。文章を書けとよく勧められるけど、ずっと書ける気はしなかった。

でも演技は、私にとって、自分の内面から湧き上がってきたもの。あなたがペンで小説を書くように、私は演技で自己表現ができるかもしれないでしょう?」

蔡琴が女優に転身するどうかはわからないが、もしチャンスがあれば、彼女はまたあの喜びを求めて、映画の世界に飛び込んでいくだろう。

映画のスチール写真を見て、蔡琴はアジンの顔が先住民に似ている、アフリカの先住民みたいだと笑った。それに映画の中で上目遣いに見る必要がある場面で、彼女は毎回ひどくやりにくて、NGを連発しても、どうしても上まぶたを引き上げることができなかった。どうやら自分はこれまでずっと伏し目の角度で人を見ていたのだと気づき、しまった、と思ったそうだ。偉そうに斜めに世間を見下す尊大な人間だと見られていたかもしれないというのだ。だが私の見るところ、近視なのにメガネを掛けなかったのが主な原因ではないだろうか。

金馬奨の外国映画の特集上映で、蔡琴はイングリッド・バーグマンの作品を全部観たそうだ。彼女には彼女なりの律儀な一面がある。『台北ストーリー』クランクインの前に、蔡琴はエドワード・ヤン、侯孝賢、スタン・ライ（頼聲川）〔舞台演出家、映画監督。＊巻末参照〕と一緒に龍山(ロンシャン)寺に詣で、正殿から中庭、奥までお参りをして、まるで日頃のざわざわした気分をすべて鎮めていくかのように、一カ所ずつ丁寧に拝んでいった。そして最後にエドワード・ヤンが彼女と一緒に金紙を金色の炉にくべて燃やし、炉を囲んで見守った。世俗の喧騒はすぐそばにありながら、ずっと遠のいていくような気がした。炎が上がりパチパチと火花が顔に飛んできて、やっと現実に返ったという。

金色の砂 かけがえのない日々――『台北ストーリー』の頃

一九八五年三月

電話取材で、「女性でよかった」という言葉についての感想を求められた。私は女性に生まれてよかったと思っている。特に愛する男性に出会ったときは、毎日が金色の日々で、幸せな歳月がいつまでも続くように感じるのだ。こんな詩を書いた。

別れたあとの日々は、恋しい想いがつのって
水底の金色の砂のように
日常のささいな出来事の底に沈殿する
明るく透きとおった心
あいかわらず机を毎日一度きれいに拭き
花瓶の水をかえて菊の花を挿す

日々は窓辺のレースのカーテンから流れてゆく
あなたの帰りを待って
私は、やはりこんなふうに清清（すがすが）しいままでいる

でも、私はまた男たちの世界が羨ましくもある。ああいう男同士のつきあいは、数学や物理学のように、陽光と理知に満ちた明るい世界で、私には永遠にたどりつけないものだ。男たちの究極の中に女たちの究極の姿を見ることで、女として天から授かる寵愛（ちょうあい）と喜びがどういうものなのか理解できたような気がする。それでいいのだと思う。この文章を綴（つづ）ることは、人生におけるガンジス川の砂浜の中央に立って、手でその砂をすくえば、すべて金であったというに等しいものだ。

旅で出会った女性たち

美しい女（ひと）は、男の目を引くだけでなく、女もまた見惚れてしまう。今回、日本で開かれた台湾映画祭[訳注1]に私も参加したが、一緒に行ったのは五人の女性スター[訳注2]、楊惠珊（ヤン・ホイシャン）、陸小芬（ルー・シャオフェン）、張純芳（チャン・チュンファン）、陳秋燕（チェン・チウイエン）、蘇明明（スー・ミンミン）だった。

朝、出発するとき、先にバスに乗り込んで、彼女たちが赤坂プリンスホテルから次々と出てく

る姿を見るのがとても楽しかった。毎日違うファッションで、ホテルの透明な回転ドアを通りぬけてバスに乗ってくる。コンクリートの白っぽい通路には、いつも美を競い合うような颯爽（さっそう）とした風が吹いていた。人に見られていると知っているせいか、あるいは風の中を歩いているせいか、彼女たち一人ひとりのたたずまいから、自分を最も美しく見せたいという願いが感じられた。その通路を歩く瞬間だけでも、その強い想いはあたかも壮絶なまでの気概を彼女たちに持たせ、凛（りん）とした美しさを放たせていたのだ。

帰りの飛行機で、私は蘇明明と隣の席になった。彼女は紙袋を開けて、日本で買った大量のストッキングを見せてくれた。日本のストッキングは光沢があって、台湾製のより質が良かったのだ。陳秋燕は主婦なので、どこの店の品が安くて良いかいつも真っ先にキャッチした。張純芳は象印の炊飯器を買って台湾に戻ってきた。楊惠珊はしょっちゅうお菓子を食べていて、みんなにも分けてくれた。また、作家の廖輝英（リャオ・フイイン）〔このとき上映された『嫁ぐ日』の原作者〕は何度か台北に国際電話を掛け、夫を気遣い、麻疹（はしか）にかかった息子を心配していた。私はといえば、京都の清水寺の見学で、華やかな民芸品店が並ぶ参道を通った際、決して店に足を踏み入れないように呉念真と侯孝賢に止められた。買い物にのめり込んでしまうに違いないからだ。こんなふうに、女性同士のつきあい、心の通い合いは、たわいなくて面白いものだ。

映画ジャーナリストの楊士琪（ヤン・シーチー）〔*巻末参照〕との縁もこのような感じだった。あれは去年の三月、香港で「台湾新電影選」が開催された際、楊士琪は『聯合報』の記者として随行していた。香港中

1985 年、「中華民国台湾映画祭」でのパーティーにて。
（左から）朱天文、三船敏郎、侯孝賢

文大学を訪問して夕食の時間になったとき、彼女一人だけは上映会場で香港の学生の反応を観察したいと言って、『坊やの人形』をまた観に行った。ケープを斜めに羽織り大ホールに入っていく彼女の後ろ姿を私はずっと忘れないでいる。中文大学を出て尖沙咀（チムサーチョイ）に戻る電車の中で、今回香港でどんな買い物をしたかという話になり、品比べ、値段比べで大いに盛り上がった。そして互いの部屋を訪問して戦利品を見せ合うことに話が決まった。楊士琪は、イグサで編んだコースターがたった一香港ドルだったので、一挙にたくさん買って店が開けるほどだと得意げだった。そのあと彼女は同室の蕭志文（シャオ・チーウェン）〔『悲しい愛』『恐怖分子』などの助演女優〕と一緒に私たちの部屋にやってきた。私と同室の許淑真（シュー・シューチェン）は八百ドルで買った洋服を披露し、私はインドのシルクスカーフを見せた。さらに私はどうにも黙っておけず、荷物の中に隠しておいた包みを広げて見せた。それは日本の着物だった。生地に描かれた桜の風景の図柄にすっかり魅了されて、こんなときにこんな所で買うのも恥ずかしいと思いつつも、ついに買ってしまい、淑真にも見せる勇気がなかった物だ。そしてやっぱり、広げたとたん、みんなが大笑い。四人の女は互いに体をくっつけ合うように笑い転げた。

その楊士琪が五月二十日の早朝、亡くなった。享年三十三歳。私たちが一緒にいたあの日の夜、それは決して偶然ではないはずだ。

訳注1　中華民国電影事業発展基金会と台湾映画祭実行委員会が主催し、一九八五年二月から三月にかけて新宿で開催された。

訳注2　楊惠珊……一九八四年・八五年と連続して金馬奨最優秀女優賞受賞。後に代表作『ある女の一生』等の張毅監督と結婚し、

ガラス工房を開いた。／陸小芬……楊惠珊と並ぶ八〇年代の人気演技派女優。『海をみつめる日』で一九八三年に金馬奨最優秀女優賞を受賞。／張純芳……台湾ニューシネマの代表的な女優の一人。『少年』や『風櫃の少年』などに出演。／陳秋燕……子役出身の人気女優で『嫁ぐ日』『超級大国民』などに出演。／蘇明明……中影の俳優養成コース出身の女優。『嫁ぐ日』などに出演。『超級大国民』の萬仁監督と結婚。

どこまでも続く道

ほんの短い道のりなのに、どこまでも永遠に続くように感じることがある。

あの日、『台北ストーリー』の脚本の打ち合わせを終え、会社（萬年青公司）をあとにして、侯孝賢とともに総統府前をロケハンするエドワード・ヤンにつきあって歩いた。長沙路（チャンシャー）を経て、宝慶路（バオチン）に建ち並ぶ中央銀行と台湾銀行のビルには、屋上から一階までビッシリと電飾が取り付けられ、屋上には「三民主義統一中国」という横書きで金色の大きな文字が浮き出ている。のちにこの光景は撮影されてスクリーンに映し出された。『台北ストーリー』の中で、男女の若者たちがバイクの列をつくり、この建物の前を疾走し通り過ぎてゆくシーンだ。光り輝くネオンの文字が建物とともに瞬時にして遠ざかり消えてゆく。このシーンについて、ある批評家は、この強烈な対比の画面は数々の社会批判のメタファーだと言った。

私たちは総統府前の広場まで歩いていった。秋の夜はひんやりと冷気をおび、空に昇った旧暦

『台北ストーリー』より

の十九夜の月は、まだ丸みを帯びている。その月は古今の城郭を万里まで照らし、今は私たちを照らしている。そして、向こうには西門町（シーメンディン）。力覇（リーバー）百貨店のガラスのエレベーターの箱が灯（あか）りと人影を載せて空中に昇っていく。明日は国父孫文の生誕記念日なので、介壽路（ジエショウ）（現在の凱達格蘭（ケタガラン）大道）の街路樹、丈の低いガジュマルの木々には色とりどりの電飾が巻き付けられている。木の下をゆっくりと歩めば、まるで夢のように絢爛（けんらん）豪華だ。

また別の日、寒かったのでセルフサービスの火鍋を食べて、成都（チョンドゥー）路から新公園まで歩いた。衡陽（ハンヤン）街を過ぎたとき、「もう来年のカレンダーを売ってる。今年ももうすぐ終わりなのね」と蔡琴（ツァイチン）が言った。彼女はナツメ色のニットのロングスカートに、肩パットが入った襟の大きなオフホワイトのウールのジャケットを羽織って、道々、アクセサリーの店をのぞいたり、文房具店に入って日記帳を二冊買ったりした。ヤンは孝賢にアディダスのスニーカーを一足買った。アリョンを演じるために今から履きならしておいたほうがいいと思ったのだ。雨のあとの空気は透明で爽やかだった。男たちは男同士の話があるからと、二人で前を歩き、私と蔡琴は後ろを歩く。とても安心感があった。四人は、まるで私が淡水で大学生活を送っていた青春時代にいるみたいだったが、私たちはもう三十代だった。バスで帰る私のために、三人ともわざわざつきあってバスを待ってくれた。赤レンガの道には日よけになる街路樹が植わっている。少し前には紫色の花が満開で、だいだい色のバス停を覆い隠しており、私はここからバスに乗るのが好きだった。良い時代に生まれたというのはどういうことなのか考えるに、生活のすべてが満ち足り好きなこと

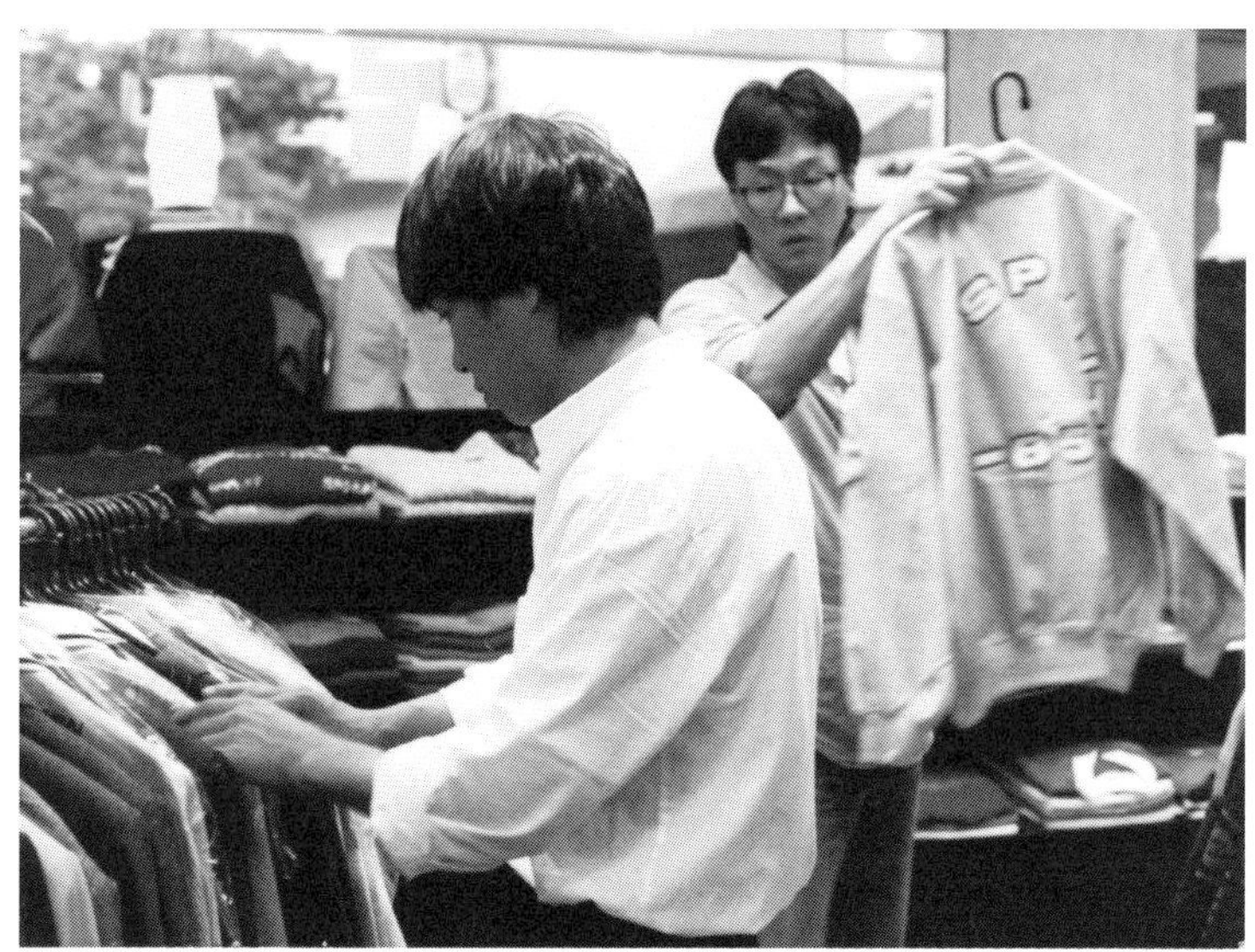

洋服店でアリョン用の衣装を選ぶ侯孝賢とエドワード・ヤン

ができる、まさにこんな瞬間なのだろう。蔡琴がふいにため息をついて言った。「孝賢はヤンより優しいわね。ヤンは繊細で、とてもクールなの。彼の映画と同じ——理知的でクール」

私は二〇九番のバスに乗って、公園路を回っていき、今度はイルミネーションで飾られた東門の城楼を目にした。寒空を燃やすように明々と電飾が輝いている。いつの日か、映画が過去のものになったとしても、こんな夜があったことは決して記憶から消えはしないだろう。

エドワード・ヤンの笑顔

『台北ストーリー』は、淡水のゴルフ場の裏にある別荘の中で室内のシーンを撮影した。私も現場へ一緒に行った。階下でアリョンのシーンを撮っているとき、私と蔡琴はその別荘で一番暖かい寝室を占領し、ふとんにもぐっておしゃべりをしたが、ほとんどは蔡琴がエドワード・ヤンのことを語るのを聞いていた。また彼女は私にカクテルドレスを二着デザインしてあげると言った。私は自分が大好きな桜色に、光沢のある緞子(どんす)かベルベットの黒を合わせたらきっとステキだと思った。でも蔡琴は、メタリックグレーの色を試してみてはどうかとアドバイスしてくれた。その色合いは作家らしい雰囲気を醸し出すこと間違いなしで、もし座談会みたいなイベントに出席するなら、絶対に着映えするからと力説する。

彼女が〝作家〟という言葉を発するときの丁重な語感についてはこんなこともあった。一度、彼女の家へ行ったとき、蔡琴は私のイメージチェンジを考えてくれた。タイトスカートをジーンズに変えて、綿の白シャツを合わせ、太い皮ベルトを腰の下でゆったり締め、アウターには生成りのラグラン袖のロングカーディガンを選び、袖筒を肘までたくし上げて白シャツを出して見せた。そこにグレーのストールをグルッと巻いて両端を垂らした。そしてジーンズには三百元のスニーカーで十分だと言う。鏡を見てみると、ヤッピー〔一九八〇年代の流行語。都会に住むハイクラスの知的職業人のこと〕とまではいかないが、蔡琴は「ほら、プロの作家らしく見えるでしょ？　知的な女性よ」と言った。その丁重ぶりは、逆に独特のユーモアでもあり、二人で顔を見合わせて大笑いしたのだった。

　エドワード・ヤンはときどき二階に上がってきて暖を取った。私たちはおしゃべりをストップして、彼が笑っているのをただ見ていた。夕方、食事が配られ、私と蔡琴がまだベッドに座って弁当を食べていると、ヤンが弁当箱を手に、笑って「天文（ティエンウェン）、きみは知っているかな？」と言った。私は、「私が知っていることならいっぱいあるけど、あなたが言うのはどんなことなの？」と聞いた。彼は笑い出し、蔡琴のほうを見ながら私に言った。「僕らは三月に結婚するんだ」ヤンの照れ笑いにつられて、みなが笑い出し、彼はもう一度繰り返した。「僕、結婚するんだよ」彼本人も信じられないような様子だった。

　食後、照明の準備を待つ間、蔡琴は眠っていた。ふとんの中にすっぽりもぐって、頭だけ外に出している。エドワード・ヤンのトレードマークのキャップをかぶり、つばの部分で顔を覆って、ぐっすり眠る彼女は幼い少女のようだった。孝賢も死んだように眠りこけ、上半身だけベッドに

エドワード・ヤンと蔡琴の結婚式。
（左から）朱天心、朱天文、蔡琴、エドワード・ヤン

載せ、腰から下は床にぶら下がったような格好だ。部屋には卓上スタンドが一つだけ。私は薄暗い灯りを頼りに本を読み、ヤンは部屋の片隅で静かに壁にもたれている。ふと、顔を上げると彼が見えた。そこに座っている彼の表情は、門を守護する神様のごとく、この一刻(ひととき)、部屋の中のすべてを守っているようだった。愛情であろうと友情であろうと全部、どうしても一生守りぬきたい、彼はそう思っていたのだろう。

多くの出来事が私の目の前を飛び去ってゆく。

ある日の昼頃、彼の電話を受けた。大声で叫んでいる。「書き終わったよ！」何カ月もてこずっていた『台北ストーリー』の脚本が、一昼夜の間に筆が進み、まさに天の助けのごとく完成したというのだ。

脚本に参加した数人が濟南路(ジーナンルー)にある彼の家で勉強会をしたこともあった。大島渚の『少年』のビデオを見て研究したのだ。そのとき彼は『少年』のカット割りを長い紙にこまかく書き出し、参考にとコピーしてみんなに配った。また、ある日曜日、中影公司の編集室の外、スタン・ライがラグビーボールをかかえてヤンを訪ねてきて、孝賢と一緒に駐車場でパスを始めた。三人ともどう見ても大きな男の子だ。ボールを投げ合ううちにどんどん遠くへ行って、スタジオ見学の人混みにまぎれていく。煙るような午後の陽光、撮影所の映画村から流れてくる流行歌、その俗っぽい歌声は秋空に長々とこだまし、秋の日差しにゆったり溶けこんでゆく。私は階段に腰かけてヤンの手書きの脚本を読み、ストーリーのせいではなかったが、泣けてしまった。

どうか、二十年後も、友人たちがみな元気でいてくれるように。ただ、そう願っていた。

『童年往事 時の流れ』の撮影

一九八五年七月

これは自伝的要素のかなり濃い映画で、侯孝賢自身の人生を描いたものと言えるだろう。自分たちの会社を設立して初めて製作した『少年』のあと、侯孝賢は二本目をこの自伝的題材で撮ろうと考えていた。しかし結局二本目の製作となった『風櫃の少年』は、自伝とは異なる物語として成立した。それから二年が経ち、大きな負債をかかえた状況にあって、商業的に当たりそうな題材やスタイルもあれこれ模索したが、結果的には『童年往事 時の流れ』への想いが捨てきれず、中影公司の出資で撮影することになった。

この転々とした経緯は、ある事実を物語っている。それはつまり「侯孝賢は現在の台湾映画の最も重要な創作者である」ということだ。映画〝産業〟に身を置きながら、そこから飛躍して創作者となり、彼の映画のオリジナリティ、独自の映画言語は、文学と詩に通じている。こうした素質が侯孝賢映画の基調をなしていた。

『童年往事 時の流れ』には、彼が個人的な創作の境界を超えて、より広い普通の人々の人生と向き合いたいという方向性が予見できる。そういう考えがあったので、脚本執筆と撮影において、決まりきったあらゆるもの、演出で作ったり誇張したりするもの、あるいは自己模倣へのこだわりをすべて切り捨てていく傾向となった。それよりも純粋な素材と事実を選択することを好んだのは、物事の本来の姿が最も説得力があり、人を感動させるのだと確信していたからだろう。

撮影の主なロケ地は高雄にある侯孝賢の実家だった。無人のままだったボロ屋を補修して二十数年前の暮らしを再現したのだが、かつて住んでいた人はそこにはもういない。若い頃の仲間では〝サル〟が地元にいるだけだった。ある日、〝サル〟はバイクに乗って幼馴染（おさななじみ）を訪ねてきた。〝サル〟にとって、この昔の友達はいつまでたっても〝侯監督〟などではなく、歌を歌うのが好きで、悪戯もよくやった阿哈（アハ）〔親しみを込めた侯孝賢の呼び名〕でしかないのだ。近所の王（ワン）おばさんは「アハが金馬奨をもらって、あの世のご両親はさぞ喜んでいるでしょう。あたしは本当にうれしいよ」と言っていた。ある日、侯孝賢が弁当を食べ終えたところに、王おばさんが彼のために大きな丼に入った炸醤麺（ジャージャンメン）を届けてくれて、侯孝賢はためいきをついて言った。「誰か代わりに食べてくれよ。全部平らげないと王おばさんに叩（たた）き殺されるし、無理して食べたら腹がパンクして死ぬ」スタッフはみんな大笑いした。

五月十一日にクランクインして、七月末にアップした。撮影現場はまるで大家族そのものだった。この誠実な作品を一緒に創った仲間たち全員に感謝を捧げる。王おばさん、張俊賢（チャン・ジュンシェン）、

『童年往事 時の流れ』より

エドワード・ヤンの実家での侯孝賢

1985 年、金馬奨で『童年往事』が最優秀オリジナル脚本賞を受賞

葉有中(イエ・ヨウジョン)と王徳興(ワン・ドーシン)夫妻の親切な手助けにお礼を言いたい。そして、多くの方々とのご縁に助けられて撮影が完了したことに心から感謝したい。

エドワード・ヤンと侯孝賢

一九八六年八月

ペギー・チャオ（焦雄屏）〔映画評論家。＊巻末参照〕がため息をつくように言う。もう香港映画には映画らしいものがなくなったので、香港で映画批評をしている友人たちは書くこともなく、すっかり手持ち無沙汰になっていると。それを聞いて、私にはハッと思い当たることがあった。人は、やはり〝完成品〟を見たいと思うものなのだ。

七年前、奈良の法隆寺へ見学に出かけたときのことを思い出す。この寺は飛鳥時代に聖徳太子が建立したのだが、当時、中国では魏晋南北朝時代で、日本が中国文明の影響を受け始めたことは顕著だった。聖徳太子は仏寺の建立に際して、すべての国民の熱意と志にはたらきかけ、みな一丸となって建造に取り組んだのだが、完成する前は、どんな寺院ができるのか誰にもわからず、想像すらできなかった。そしてついにその日、美しく晴れ渡った大和平原に、堂々たる大寺院が現れたのである。朝野、万民、あらゆる人々が寺院の前に集まりきて、呆然と息を呑んだ。完成した伽藍（がらん）は人々に大きな感動と喜びをもたらし自信を与えた。もはや何の説明も一切必要としない。〝完成品〟は絶対的に理論に先んじ、理論を創り出すものなのだ。

　映画も自己表現であるにもかかわらず、映画作家の数は少ない。あまりにも少ない。既存の映画産業システムは永遠に映画製作の主流であるが、もしそれぞれの時期に枠から外れた人たちが、決まりきったレールに沿って製作することを嫌い、主流に反逆する人たちが現われるとしたら、システムは硬化したり腐敗したりせず、彼らは新鮮な水を供給する源となり得る。だが思うに、そういう気質はほとんど個人の天性のもので、そんな人にはめったにお目にかかれない。香港映画界に映画がなくなったというのは、体制に反抗し、主流に反逆する人がいなくなったからだ。映画監督はあれほどたくさんいても、映画作家は数えるほどしかいない。その少数こそ〝完成品〟を創る人たちなのだが。

　しかし、喜ばしいことに、台湾映画には作家性のある監督が少なくとも二人いる――エドワード・ヤンと侯孝賢だ。まったく個性の異なるこの二人の作家は、作品のスタイルがかなり違うのだが、とても仲が良くて、蔡琴（ツァイ・チン）が、「二人はまるで恋愛中みたい！」と言ったほどだ。

　エドワード・ヤンはもともと制御工学を専攻し、交通大学を卒業して、アメリカでコンピューターの修士号を取った。結婚もして、家を二軒所有していたが、三十二歳のその年、それらを捨てて南カリフォルニア大学に入学。しかし一年後、映画学科では何も学ぶべきことはないとわかり、学費も高く、自分が貧乏なことに気づき、荷物をまとめて帰ってきた。その後、余為政（ユー・ウェイジョン）

1985 年、ロンドン映画祭にて

〔映画監督。アメリカ留学経験があり、エドワード・ヤンと親交があった。ヤン作品のプロデューサーである余為彦は実弟〕監督の『一九〇五年的冬天（一九〇五年の冬）』の脚本を書いてから、テレビの単発ドラマ『浮萍（浮草）』を監督し、続いて『光陰的故事』の第二話『期待』（原題：指望）を監督した。一九八三年には一六六分の『海辺の一日』を撮り、一年半後には『台北ストーリー』を完成させた。そして、また一年半経った現在、『恐怖分子』を製作している。ヤンはかつて自嘲気味に「僕の状況は悪くなるばかりだ。最初に台湾に帰ってきたときは、中央研究所で講演をし、二回目は母校でコンピューターのレクチャーを行なった。三回目は、大学の映画祭で国産映画について学生と喧嘩（けんか）になったんだからね」と言っていた。

　エドワード・ヤンの映画は彼が学んだコンピューターのように、精密、正確で、様式において彼は絶対的な完璧さを求めた。それは彼の性格と一致し、デリケートで誠実だった。あまりの誠実さゆえに、嘘やごまかしを容認できず、よく人を怒らせたが自分自身は気づいていなかった。侯孝賢は言った。「きみの水はあまりに澄みきっているから、魚を育てられないんだよ」この言葉は、「水いたって清ければすなわち魚（うお）無く、人いたって明察なればすなわち徒（なかま）無し」という古典の格言が元になっている。

　エドワード・ヤンはまた根が善良で、心に曇りのない人だ。彼が侯孝賢とつきあうようになったのは、侯とヤンがそれぞれ『風櫃の少年』、『海辺の一日』を製作している時期だった。ある夜、二人は中影撮影所の録音スタジオの入り口でバッタリ出会って話をした。侯はヤンに「もし先にきみの『海辺の一日』を観ていたら、僕の『風櫃』はきみの『海辺』よりもっとうまく撮れていたはずだ」と言った。それを聞いたヤンはとても感動したという。だが感情をストレートに表現するのが苦手な彼のいつもの態度からすると、おそらく口では何も言わず、にっこり笑って目を糸のように細めたことだろう。そして、心の底でこんな決意をしていたとは誰にもわかるはずがない。つまり「この男とは真の友人としてつきあおう」と。エドワード・ヤンはずっとその年を懐かしんでいた。台湾映画が以前の悪しき競争から良き競争へと進歩したその年のことを。

しかし昨年から、国内の映画製作の空気と環境はまた悪化してきた。エドワード・ヤンは怒り、まるで喜怒哀楽の激しい男の子のようになった。普段は腹を立てたとしても、生活面ではできるだけ折り合うし、こだわらない。だが一旦映画のことに及ぶと、ハリネズミのように刺々（とげとげ）しくなって絶対に妥協しないのだ。

一方、侯孝賢の映画はゆるやかで、のびのびと豪放磊落（らいらく）であり、いつも未完成のような感じがする。最近、彼は蔡琴のアルバム用に三曲分のＭＴＶを撮ったが、友人たちがそれを見て、彼の撮り方は〝アンチＭＴＶ〟だと笑った。私が思うに、たぶん彼はＭＴＶとは何か、よくわかっていなかったのではないだろうか。映画のことにしても、二年前にはおそらくゴダールについてもろくに知らなかったのかもしれない。にもかかわらず、と言うより逆に、彼はほかの誰かの映画言語を使うことなく、まったく何のしばりもなく自分の言語で自己の物語を語ることができる。侯孝賢の混沌と直感が、彼の映画が持つ独自性を創り出しているのだ。

ある座談会で、陳国富（チェン・クォフー）〔映画監督、プロデューサー。＊巻末参照〕がエドワード・ヤンと侯孝賢について、日本の二人の監督、溝口健二と小津安二郎を引き合いに出してこう言っていた。「溝口の画面は四十五度のアングルからアプローチしているが、小津の画面は垂直と並行だ。溝口の画面は強烈かつ厳粛で、想念が突出している。一方、小津の画面は淡々として奇をてらったところがなく、エンディングを迎えたとき、まるで何も語っていなかったように思えるが、実は何もかも語っている」と。侯孝賢は小津安二郎に近く、エドワード・ヤンは溝口健二に近いと陳国富は考えているのだ。

　昔の人は、曹操を柔軟な人物であると評し、私はその意味をずっと理解できないでいたが、侯孝賢のことを知るようになって、その柔軟の意味がわかってきた。同時にエドワード・ヤンの潔癖さと厳正さも理解するようになった。そうなれば、両者を比較して優れているほうを選ぶなど、とうてい不可能だ。李延年（りえんねん）〔漢の武帝に仕えた歌人〕の詩に「いずくんぞ傾国と傾城を知らざらんや、佳人はふたたび得難し」とあるが、得難いのはまさに彼ら二人だと思う。そんなわけで、自分のことでもないのに、とにかく二人の貴重さをみんなに吹聴したくなるのだ。

映画と小説

一九八六年七月

映画の世界に入って、映画とは何かを理解するようになってきたとき、映画と小説は完全に違うものなのだということを強く感じるようになった。

ここでいうのは、小説を映画化することではなく、また小説に題材を取ることでもなく、映画と小説の本質についてのことで、両者の違いには、音楽と絵画、あるいはダンスと彫刻ほどの差がある。

このような実感は、私の十数年に及ぶ作家としての経験と、三年半前に脚本家として映画とかかわりを持ったことに基づいている。担当した七作の脚本のうち、三作を陳坤厚(チェン・クンホウ)が監督、四作が侯孝賢監督で、またエドワード・ヤンの『台北ストーリー』の脚本討論にも加わった。

私は最初、映画とは物語を創っていくもので、セリフが重要なのだと思っていた。ところが、シーン割り台本を話し合う中で、しばしば監督たちが、「そういうのは映画じゃない」とか「映画らしくない」「低級すぎる」などと言うので、私はすっかり自尊心が傷ついて、どこが悪いのかわからず、戸惑いながらも考えるようになった。だったら、映画とは何なのか、映画らしさとは何なのか、と。

その後、映画とは事物と人物の置かれた環境であって、ストーリーを創るよりは状況を創り出して、人物の個性を環境の中でぶつかり合わせていくと、自然と物語に発展していくのだと思うようになった。言いかえれば、ストーリーがシンプルなほどディテールを作り込んでいくことができ、ディテールによって物語を進行させて、総体的な感覚を積み立てていける。そうなればもう低級ではなく、名手の域と言える。仮に映画とはそういうものなら、実は映画と小説は異質なものではないのだ。

『童年往事 時の流れ』の撮影に至って、映画とは光と影、そして画面なのだと、私はやっと気づいた。同時に発見したのが、映画は創作であって、製造するものではないということだ。そして創作というのは、あくまでも独力で成し遂げるものでしかない。そうなると、映画がその他の創作と絶対的に異なる特質と言えば、それは映像である。そこにこそ、映画の位置付け、映画が他のものと代え難い地位が存在する。

まさに小説など文字で表現されるものが、音楽や絵画、演劇などの創作と異なるように、映画は映像でもって、ほかとはまったく異質の存在だ。映像と文字作品について語るとき、両者をただテクニックの構成芸術だとみなす向きがあるが、それはまったく違っていると思う。ある年、小説の賞の選考委員になったことがあり、入選作を議論しているとき、詹宏志(チャン・ホンチー)〔作家、出版人。＊巻末参照〕がこんなふうに言った。「この作品はよく書けている。全作品の中で、一番面白いと感じた小説だ」

そう、面白いということ。最もシンプルな原点に回帰するなら、作品は「何か言いたいことがある」式の意見であったり批判であったり、あるいは「感じたままに表現する」式の抒情的、叙事的であるだけではなく、上手に表現し語らなければならない。舞台芸術でたとえるなら、所作が美しく、歌もうまくなければ面白い芝居だと感じないだろう。悲嘆にかきくれる物語であっても、面白ければ、人は感動するものだ。だが、小説の面白さと映画の面白さは、根本的に相互に入れ替えがきかないものだ。双方とも独自の芸術であり、またそれぞれ強靭(きょうじん)な独立性を持つ。

文学作品の良さは、もちろん文章の美しさや美辞麗句で決まるものではない。読者は愚かではないから、薄っぺらなものはすぐに気づく。それは映像作品の良さが、撮影の美しさだけで決まるものではないのと同じだ。卑近な例を挙げるなら、画がきれいなだけでは、一般の観客でも「CMみたいだ」とか「アマチュアの芸術写真と同じだ」とけなすだろう。そうなると、文章はその小説の作者のスタイルを決め、映像もまたその映画の作者のスタイルを決めると言える。

文章はまたすなわち内容であり、私たち作家は〝筆致〟と言う。文字の中や行間に込められた気配や色合い、リズムがその内容と自(おの)ずと一体となり、情感が生じる。小説家の筆致は、一字一句を書けば、それはすべて作家の態度であり、内容である。理論がどうこう言う前に、文章そのものがすでに理論なのだ。だから、すばらしい小説を読んだと思えるとき、まるで洗礼を受けたかのように心身ともに充足を感じるのだ。

何度くり返し読んでも飽きない小説は、ふと思い出して書棚から手に取り、適当にどこかのページを開いて読んでも、やはりどの段落でも面白く読めてしまうものだが、そんな小説は実はさほど多くはないと、しばしば思う。小説には筆致がなくても、何とか読み進んでいけるが、散文はもし筆致がなければ、とても読めたものではない。小説はまだしもある事件をとりあげて内容を充実させられるが、散文のように、時として人生のある一幕、ある雰囲気だけで、何も起こらないものを、どうやって書けばよいのだろうか。文章そのものに力を持たせ、感情をこめるしかないだろう。

たとえば張愛玲（チャン・アイリン）の筆致は、華麗で気高い。沈従文（シェン・ツォンウェン）の筆致は、悠々自在である。魯迅（ルー・シュン）は沈鬱で筆鋒（ひっぽう）鋭い。散文なら、豊子愷（フォン・ヅーカイ）〔画家、散文家、翻訳家。浙江省出身。一九二〇年代から活躍〕は優しくて気取りがない。呉魯芹（ウー・ルーチン）〔上海出身の散文家。台湾に渡って大学で教鞭を執り、のちに渡米〕はゆったり大らかだ。周作人（チョウ・ツオレン）〔散文家、翻訳家、文学史家。魯迅の実弟〕の筆致は幾何学模様のようにすっきりしていて、小津安二郎の映画を連想させる。明瞭で美しく思索的、それはまさに、小津の映画ではないか。

文章とはこのようなものだ。だから、映像こそが映画の本質だと突如気づいたとき、映画とは本来映画の作者（一般的に監督）一人のものであり、実は脚本家は含まれないのだと、私は悲しくも悟ったのだ。

映画が作者一人のものだと私が言うのは、たしかに実際の体験に基づいているからだ。たとえばエドワード・ヤンの場合、脚本を話し合っているとき、私たちは多くのアイディアを出すが、採用するか否かは、彼自身のセンスでとらえ直してみる必要があり、使うかどうかはその段階で決まるわけなので、できてきたものは、こちらが最初提案したものとは違っている。ヤンの才能のすごさは、実際のところ脚本家を必要としないほどで、映像はすでに彼の頭の中でワンショットずつ動いているのだった。撮影の現場では、彼がいったい何を撮りたいのか誰にもわからなかった。一つ、二つの何でもないショットも適当にOKを出すようなことをしなかったのは、彼の構想の中では、画面外の音が豊かに配置され、前後の文脈ができあがっていて、作品全体を貫く流れが画面の底でゆるやかに動いているからだ。完成した映画を観たその瞬間、ああ、そういうことだったのか、とみな驚き、納得するのだった。

映像から出発するのと、文章から出発するのとで、映画と小説の絶対性が決まる。映像の魅力は、いたるところで私に嫉妬の炎をメラメラと燃やさせ、対決をしてやろうと思わせる。そして私が取り出すのは文学の宝刀である文章、つまり筆致である。だから私は文学の世界に戻り小説を書くつもりだ。

というわけで、映画という小説のライバルは、愛憎入り混じりつつ、生涯悔いのないほどに、私を強烈に魅了し続けている。

最後に説明を付け加えたい。映画図書館〔中華民国映画事業発展基金会付設映画図書館、現在の財団法人国家電影中心〕が一九八五年の映画年鑑を編集するに際し、私に「映画と小説」というテーマで寄稿してもらえないかと言ってきたのがまずかった。去年の金馬奨にノミネートされた劇映画の全リスト二枚を持ってきて、小説の原作がある数本の映画について論じてほしいということだった。ところが今、不幸なことに、結果として良心に基づいて書いた告白の文章になってしまったのである。

ニューシネマに生存の場を

一九八六年十二月二十五日

映画の脚本を仕事にするようになって、映画学科の学生や脚本家志望の方々から、参考にしたいので三三書坊〔朱天文、朱天心などが中心となって設立した出版社〕から脚本を出版してほしいという要望がよくあった。だが、そのときは、自分が書いた脚本で撮影された映画は、どれも脚本よりよくできているので、脚本として残しておく必要もないだろうし、そのうちもっと読み応えのあるものが書けたら本にして出版すればいいと思っていた。

今年、侯孝賢が撮った『恋恋風塵』は、私がシーン割りをして、呉念真(ウー・ニエンチェン)が脚本を完成させた。仕上がった手書き原稿のコピーを受け取って読んでいたとき、「ああ、これは本当に多くの人に読んでもらうべき作品だ」と思った。そして、脚本を出版しようという考えが浮かんだ。

『恋恋風塵』は撮影の中で、諸々の要因が重なり、最終的に私たちが目にした映画はほとんど別の顔を持ったものに変わり、呉念真の脚本とはまったく雰囲気の異なる作品——侯孝賢の映画になっていた。

このように多くの変更が生じた理由とプロセスに、私は驚くばかりで、映画というものを気楽に考えてはいけないことをますます認識するようになった。映画の奥深さと難しさは、創作というものすべてに通じるものだ。そして、この映画製作のいきさつを記録し、映画学科の学生や映画ファンに読んでもらい、一本の映画の始まりから完成までについてよく理解してもらいたいという願いが芽生え、それはとても価値のあることだと思った。そして十数項目からなる内容を練っているとき、自分の野心が一晩の間に何倍にも膨れ上がったことに突如気づいた。五年、十年、二十年と経ち、ほとんどの人が『恋恋風塵』の映画を観ることができなくなったとしても、そのとき、少なくともこの本に多くのことが残されているはずだ、そんなふうに考えたのだ。

その野心によって大いに励まされたが、おそらく私は『恋恋風塵』を口実に自らの意見を発信し、風を吹かそうとしたにすぎないだろう。というのも、四年前にこの目で台湾ニューシネマの誕生を見届け、自ら体験した者として、あの奇跡のような輝きを忘れることはできなかった。四年後の現在、ニューシネマは低迷し苦しい局面にあるが、それでも、いまだ記憶に新しいあの感激を今も忘れず持ち続け、孤軍奮闘し続ける人たちがいる。この本がそのうちの一つであれば、と願うばかりだ。

本書では、侯孝賢の映画をメインに取り上げた。脚本家として限られた経験ではあるが、私が執筆した五本の作品中、三本が侯孝賢のものだ。また、侯孝賢映画の様々な特質を論じることに

（左から）呉念真、侯孝賢、エドワード・ヤン、陳国富、詹宏志

よって、映画を取り巻く今の台湾の環境を説明し、世界の映画のメインストリームの中で、異種の映画が依然として存在することも述べることができた。

まず、ニューシネマはハリウッド式の映画の観念、映画言語・文法、映画の形式に反逆する。第二に、ニューシネマは根本的な創造力、そして人への温かいまなざしでもって、機械化され硬直した映画産業システムを拒絶する。第三に、ニューシネマは豊かなオリジナリティに富む。よって、第四に、ニューシネマは欧米の映画の伝統――ハリウッドおよびそれと同類の映画の通俗的な消費としての伝統――と異なる、台湾や大陸を含む中国の新しい映画の伝統を創りつつある。

そう、それは新しい映画だ。今年は、エドワード・ヤンの『恐怖分子』、柯一正（クー・イーチョン）の『淡水行き最終列車』〔一九八八年の中華民国台湾映画展で上映時の邦題。原題は「我們的天空」〕などが生まれた。

四年前、台湾ニューシネマは、なかば自然発生したと言えるが、今日まで、そのリアリズムの映像スタイルと、台湾の三十年に及ぶ現代史を改めて見つめ直し反省を試みたという点において、相当の功績を残している。このような功績の上にいかにしてさらにそれを発展させ、たくましく成長させていくかは、映画の自覚的運動を経なければならない。そして、その自覚は批評とメディアから起こるべきで、共通の認識を生み出し時代の風を吹かせるべきだろう。またその自覚は映画の政策を担う行政部門にも起こるべきで、積極的に効率良く優れた映画の製作を推し進め、支援すべきだ。もちろん、より多くの観客の自覚も必要だ。映画を観るのは彼ら自身なのだから。

映画の脚本を出版しようという単純な考えから出発したのに、今や退くに退けない状況になってしまった。もはや、「ニューシネマに生存の場を！」と呼びかけるしかない。

それが出版の目的になるとは、まったく思いもかけなかった。

台湾ニューシネマの父 明伯父さん

一九八七年五月

父（朱西甯〈チュー・シーニン〉、元の名は朱青海〈チュー・チンハイ〉。山東省出身の著名な小説家）の知人だったので、みんなが（中影公司社長の明驥を）〝明社長〟と呼んでも、私だけは〝明伯父さん〟と呼んでいた。

でも明伯父さんを知ったのは、私が映画の脚本の仕事に参加してからで、最初は中影公司での出会いだった。かなりの人が、父が役所にいた頃の同僚だったので、オフィシャルな場で初対面のとき、ほとんどの人が私のことを、父の元の名青海から、枕詞のように「海君の娘さんだ」とか「海さんのお嬢様だ」と紹介する。明伯父さんは会えば必ず「お父さんは元気かね？」と聞き、帰るときには「お父さんによろしく」と言うが、口下手な私はちょっと敬遠したいと思っていたほどだ。

あの年（一九八二年）のことは、今思い返せば、まさに真夏の夜の夢の如しの感がある。

それまで関係のなかった多くの人が、あの年に集まり、そして、またそれぞれ異なる道を歩いていった。出会ったその瞬間に生じた波しぶきは、突如として名実ともにニューウェイブ、ニューシネマと呼ばれるが、そのただ中にあって、私自身には実感がなく、七割がた信じられない想いで、三割がたは喜びを感じていた。当時、ニューシネマの舵取り（かじと）と称された明伯父さんこと明驥（ミン・ジー）もまた、激流に流されて最前線に押しやられたのであって、なかば予想もしていなかった状況だったのではないだろうか。

　以前、明伯父さんが中影撮影所の所長をしていたときのことを侯孝賢から聞いたことがある。軍が撮影所に『陸軍小型康楽』という映画の撮影を委託したことがあったが、編集中、侯孝賢はほかの人に見せず、撮影所長が見たいと言っても断っていた。映画が完成して、中壢（ジョンリー）にある中影公司の本部に随行し、軍の将官たちに上映して見せたが、その日彼は普段着の色あせた黒いチャイナ服を着ていったため、所長は内心、この若造は実に不遜（ふそん）で無礼な奴（やつ）だと思ったのだろう。上映が終わり、本部を出るとき、ちょうど退社時間で混雑していたので、車が守衛に止められた。すると所長は激怒し、守衛は大いに驚いてすぐさま車を通したという。その激昂（げっこう）ぶりを、「僕への当てつけだとすぐにわかったよ。鼻っ柱をくじいてやろうしたんだ」と侯孝賢は言った。

　明社長は〝党に忠実な愛国者〟だと侯孝賢は形容する。行いは正しく、歩く姿もピシッと真っ直ぐで、すべては党と国のためという気概が強く、誰にも屈服しない人柄だった。その性格を発揮して、撮影所内の行政事務に際しては決断が早く、やるべきことはすぐに処理していた。だが、中影公司の社長に昇格してからは、前とは様子が違った。「以前は与えられた任務を判断して実行すればよかったけど、今度は経営者だから、自分から仕事を創り出す立場になった。難しいわけだよ」と侯孝賢はまた語った。

以前のようなやり方が通用しなくなったとき、彼は人材発掘を始めた。一九八〇年、社長就任の二年後、呉念真（ウー・ニエンチェン）が中影に入り、年末には小野（シャオイエ）も加わった――のちのニューシネマ・ムーブメントの〝引き込み役〟を果たした革命同志の二人である。そしてまた侯孝賢も呼び入れた。一九八二年、ついに小野と念真に『光陰的故事』という四人の新人監督が撮る四話のオムニバス映画を企画するチャンスが巡ってきた。続いて萬年青（ワンニエンチン）公司と合作の『少年』を企画した。私が陳坤厚（チェン・クンホウ）、侯孝賢と知り合い、初めて映画の脚本を書いたのは、その当時はごく当たり前の流れだと思っていたが、実はまったくそうではなかったことが今やっとわかった。私は小野と念真が地ならしした道を歩いてきていたのだ。その後、『坊やの人形』が登場し、異なる源流をもつ二筋の流れ――純粋な国産の商業映画出身の監督（侯孝賢）と、アメリカの大学で映画を学んで帰国した監督たち（曾壮祥（ツェン・ツァンシャン）、萬仁（ワン・レン））の流れ――がこの作品で合流した。詹宏志（チャン・ホンチー）の面白いたとえを引用しておこう。「『光陰的故事』が辛亥革命前の興中会〔一八九四年末に孫文らがハワイで結成した革命を目指す秘密結社〕のようなものなら、『坊やの人形』は同盟会〔一九〇五年に東京で結成された中国最初の政党・中国革命同盟会のこと。孫文が中心となり、反清朝の三団体をまとめた〕と言える。重要なのは、〝革命的な同志〟が国民党の中影公司に集まったということだ」

ほかの人の受け売りにすぎないが、明社長の良いところは、自分がわからないことを知ったかぶりしないこと、登用した人物をとことん信頼して任せるということだ。それは当然のことだと、

『坊やの人形』監督の（左から）曾壮祥、侯孝賢、萬仁。右端は原作者の黄春明。
中央は呉念真と小野

当時私は思った。のちに、『坊やの人形』について当局宛に悪意の密告があったとき〔第三エピソード「りんごの味」において、米軍に対する台湾庶民の描き方が問題となった〕明社長があちこち調整に奔走したので、少し修正されただけでことなきを得た。明社長はしっかり責任を負ってくれる頼りがいのある人だと誰もが称賛したが、私はそれで当然なのだと思った。その後エドワード・ヤンの『海辺の一日』の尺が二時間四十六分になったとき、明社長が頑張ってくれて、配給会社や映画館が短くするよう圧力をかけても抵抗し、完全版で上映できたわけだが、それも社長として当然の務めだと私は思っていた。私は相変わらず人の陰に隠れ、明社長に見つかって何か言わねばならないのを避けようとしていた。社長が社内でスピーチをしたり何か意見を述べたりしている場に出くわすと、私は意識が集中できずついぼんやりとしてしまい、ハッと我に返って誰かと目が合い、仕方なくにっこり微笑むという始末だった（ときにはブスッとした不機嫌な顔つきだったと思う）。

その頃、私たちはやる気満々で舞い上がるような雰囲気に浸っていて、何でもうまくいって当然だと思っていたし、若い映画製作者たちは、明社長のことを、とても開けた話がわかるお父さんというイメージで語り、そう思っていたにすぎなかった。

そういう雰囲気は金馬奨や、台北で開催された第二十八回アジア太平洋映画祭〔アジア映画製作者連盟により一九五四年に東南アジア映画祭として創設された映画祭で、現在はアジア太平洋映画祭と改称している〕に向けて盛り上がっていき、香港で初めて催された第一回「台湾新電影選」に至って頂点に達した。友人たちが全員香港で集結し、ちょうど「八十年代中国電影」も同時期に開催され、海峡両岸の映画が初めて、偶然にも相まみえることになった。そして私たちは

1984 年、香港の「台湾新電影選」。
『如意』鑑賞後のエドワード・ヤンと朱天文

かつて経験したことのないような衝撃を受け、大陸の文化に対する驚愕（きょうがく）を覚え、座禅のときの警策（きょうさく）で一喝されたみたいに、純粋な想いに目覚めた。「台湾に戻って良い映画を撮ろう！」という想いに。

私が映画に対して志を立て、夢から覚めたかの如く、映画とは己の一生をかけて取り組む価値のあるものだと突如悟ったとしたら、それはまさにこのときに始まる。仲間たちは覚えているはずだ。ネイザンロードビルで『如意』〔一九八二年製作の中国映画。黄健中監督〕を観終わって出てきたとき、武芸者が達人同士の勝負で一撃をくらったかのような痛みを覚えたことを。まるで辛（から）くも生き延びた敗者みたいだった。春浅くまだ寒い大通りを歩き、香港のこのときこの瞬間、異郷にあることを鮮烈に意識しつつ、何とも言えぬ気分が心の底から湧き上がってくるのを誰もが感じていたに違いない。

この年（一九八四年）の七月一日、明社長は職を解かれた。その前日、『小爸爸的天空（若いパパの空）』〔陳坤厚監督、朱天文・侯孝賢脚本〕が封切られ、夏休みの同時期で興行収入がトップとなったことは、明社長が放った見事な〝さよなら満塁ホームラン〟だった。一日おいて、みんながお金を出し合い、来来（ライライ）シャングリラホテルで送別会を開いた。二卓の宴席で、閉店まで賑やかに酒を酌み交わしたが、「風蕭蕭（しょうしょう）として易水（えきすい）寒し、壮士去りてまた還らず」の悲壮感が漂っていた。ただの社交儀礼の宴会ではなく、明社長の人柄を慕って俊傑の士が集まり真心の送別をしてくれる。それは容易なことではないと私は密かに思っていた。

明社長がいなくなって一年の間に、ニューシネマはますます重苦しく硬直した状況に陥ってしまった。現実の様々な構造的な苦境を突破できず、回復への客観的条件がゼロに近いときには、意気消沈し悲観的になってしまい、無条件の、根拠もない奇跡の出現を期待してしまうものだ。たとえば、自分が新聞局長〔台湾政府内で映画を管轄していた部署のトップ〕になれたらこうするのだが、という類の奇跡だ。社会学者マックス・ウェーバーによる支配の三分類から「カリスマ的支配」という言葉を引用するなら、映画界にカリスマが誕生し、現状の構造を壊し、理想的な環境を創出し、自由な気風を打ち立てるということだ。

一九八六年十二月十八日、第一回「楊士琪記念賞」が明驥氏に贈られた。明前社長の受賞には、私たちの熱い期待が託されていた。

かつて、映画界には、少なくとも映画を観るのが好きな新聞局長がいて、勇敢で正義感が強い記者、楊士琪がいた。そして、登用した人材を信頼して仕事を任せ、責任を取ることを恐れず、しかも公的機関のトップにいながら、保身を図るだけの役人とはまったく異なる一人のリーダーがいたのだ。もし、『童年往事 時の流れ』の製作が二年早かったら、最終的に編集で二時間以内に短くさせられたバージョンを映画館でかけるようなことになっただろうか?

人は忘れっぽいものだが、決して忘れないこともある。楊士琪が『坊やの人形』が検閲を受けた問題で、身を挺して猛然と抗議したことは、今もなお人々に記憶されている。明社長もまた在職のときは当然のことをしているとしか周囲は感じなかったが、去ってのちに、しばしば慕わしく思い出される。それが真実というものだ。

第一回「楊士琪記念賞」を授与される明驥

楊士琪記念賞授与のその日、しかるべき人たちが一堂に会し、あの年に結び付いた縁がふたたび眼前に現れたような気がした。だが、「民国七十六年台湾電影宣言」〔一九八七年六月、映画人有志により出された宣言。映画政策や製作環境に対する期待や要望が盛り込まれている〕は今まさに草案を練っている最中だ。いつの世も才能ある人材は出てくるものだが、今こそ私たちに時代は巡ってきたのではないか。会合で小野はため息をついて言った。「三十も過ぎ、もうすぐ四十歳だというのに、まだ他人の言うことに従わなくちゃいけないのか？」呉念真は声を荒らげて言った。「僕らが先輩たちを超えていかないと、後輩たちが追いついてくるぞ！」

四年前と比べて、自覚と分別というものができていた。まさに一つのムーブメントが起きようとしている。それは意識的で自主的と言うに足るニューシネマ運動である。今この時にあたり、私が知り得た明社長のエピソードをここに書き記すことで、多くの映画人たちの、映画を管轄する当局に対する期待が、すでに日照り続きに雨雲をひたすら望むがごとく切実であることを述べたいと思う。

あるとき、『台北ストーリー』を観終わると、明伯父さんがそっと私を隅に連れていき、絶対に役者になってはいけない、決して演じる側に回らず脚本に専念するようにと諭(さと)した。監督たちが互いに助け合ってそれぞれの作品に役者として出演することは、ニューシネマの特色の一つと言えるし、小野も念真もやはり引っ張り出されて、次々と銀幕にデビューしていた。明伯父さんが私を教え諭すときの実に真剣な語気が、今もはっきり耳に蘇(よみがえ)り、ここまで書いてきて、思わず笑いだしそうになるほどだ。

『悲情城市』後記

一九八九年十月十二日

『悲情城市』が賞〔一九八九年ヴェネチア国際映画祭金獅子賞〕を取り、私は日本の作家井上靖を思った。井上靖は数年にわたり、アジアでノーベル文学賞の最有力候補とみなされていて、おかげで毎年、受賞者発表前日の晩、自宅前には記者が詰めかけて、電話が引きも切らずにかかってくる。様々な憶測と噂（うわさ）が飛び交い、あちこち大騒ぎである。井上靖はやりきれない気持ちでこう言ったそうだ。「喜びとは静けさの中にやってくるものです」と。

そう、静かにである。侯孝賢の静けさ、詹宏志（チャン・ホンチー）の、私たちの穏やかさ。新聞社の編集デスクが侯孝賢の自宅に電話をかけて、受賞の感想を尋ねたところ、夫人は淡々と「当然でしょう」と語っている。

まずは詹宏志に感謝すべきだろう。彼は強い意志と粘り強さで、根拠の定かでない理屈を説き、投資家たちに侯孝賢への出資を説得して回った。私たちは今となっては当たり前のように、実際

東京現象所での『悲情城市』仕上げ作業時、雑誌「ぴあ」主催パーティーにて。（左から）
録音助手・楊大慶、録音・杜篤之、朱天文、侯孝賢、撮影・陳懐恩、編集・廖慶松

に証明された受賞の事実を受け入れているが、では当初の困難を覚えているだろうか？　どうやって事を始め、筋道を通して進めていくか、またどんな人に働きかけるべきかよく知っている、彼のそんな澄みきった知の力は、修練や長い間の思索や観察のたまものだが、持って生まれた特質も備えている。それは瑞々（みずみず）しく無垢（むく）な、赤子のような心の眼だ。だから彼は情報にも、知識、学問、イデオロギーにも妨げられることがない。彼の真理真相をつきつめようとする強靭で活発な精神は、真理追及そのものが大きな喜びをもたらしてくれるからであり、目的もまた手段なのである。そしてまた彼は見返りを求めない。私は彼がますますクリエイティブな方へ近づいているのを感じる。これが詹宏志の穏やかさである。

　私たちはこっそり映画のクレジットタイトルに「企画、詹宏志」を入れる。そう、彼なのだ、『悲情城市』にクランクインをもたらしたのは。彼は映画を観て驚いたに違いない。彼が語ってきた言葉を採録すると「侯孝賢は金（かね）のなる木だ」「私が語るのはビジネスであり、文化ではない」「映画を売るのは書物を売るような調子で良い」というようなものである。私が推測するに、こうしたエッジの効いた、物事を逆手に取ったもの言いは、多くの文化人の「潔癖さ」を冒して、彼らを怒らせているかもしれない。しかしそれでも私がうれしく思うのは、今日に生きて、文化人として、彼の語った理屈が根拠を与えられ、実践されていくのを目の当たりにしたことだ。これ以上の喜びなどあるだろうか？

　侯孝賢の平静さ。二カ月に及ぶ編集作業で、彼は編集の廖慶松（リャオ・チンソン）と、すべての撮影素材を今の

1989 年、『悲情城市』日本公開の宣伝で来日した際の記者会見

形にしたのだが、ときには一日に二、三カットしかつながらないこともあったようだ。この作品で廖慶松は〝気韻編集法〟と新たな名前をつけている。道士が丹薬作りで炉を注視するがごとく、侯孝賢は編集に関与しつつも、またかなりの部分で冷静、理性的な傍観者でもあった。あらたにカットを組み合わせて、大胆に映像を調整していく。彼はカットとカットの間に、そして音との間に何が行なわれているかを充分に理解している。「今回の構成は凄いよ」と彼は言った。この自我を俯瞰で見る行為が、物事の本質を知る過程であり、今までのいかなる編集作業よりも明確で収穫をもたらしたのだ。編集作業もほぼ終盤にさしかかる頃、廖慶松が賭けをする。最高賞を取る確率は半々、いや、ここに八パーセントを足そう、五十八パーセントが受賞の確率、残りの四十二パーセントは運次第。こんなふうに落ち着いていた。というのも、映画という世界の中で彼らは自分のレベルを知っているからだ。

『悲情城市』は観客にとっては新作であるが、創る側にとっては過去のものである。遙か遠く、ヴェネチアのリド島にあるホテル・ハンガリアで、呉念真が泣いた。侯監督をひしと抱きしめて、他人に涙を見られまいと監督の肩から久しく頭を上げなかった。受賞、それがすべてである。名誉も誹謗もそのままに、足すことも引くこともせず、あるがままに。そして仮に少しでも人々の啓発になり得るならば、それは幸運というものだ。今まさに、すべてのことは過ぎさってゆくのみ。

ヴェネチアのホテル・ハンガリアの前で。
（左から）呉念真、廖慶松、俳優・高捷、朱天文、張華坤

歳月が変えてゆく東豊（トンフォン）街

一九九〇年三月

五年前、『童年往事 時の流れ』製作の準備期間中に、侯孝賢たちの映画会社は私が耳にしたこともなかったこの通り、東豊（トンフォン）街に移ってきた。そこはマンションの四階。街のどこにでもあるような、中流の人が住むこの住宅の、一階の階段口のガレージにはバイクが並び、気をつけないとイヌの糞（ふん）もあったりした。赤いブリキの手すりがある階段をハアハア息を切らせて上っていき、ドアにたどり着いたらベルを鳴らして中の人に知らせる。会社は人の出入りが多かったので、静けさを求めて、私たちは向かいにある茶芸館に行き、脚本を討論し合った。

茶芸館は、客中作（コーチョンツオ）という一風変わった名前だ。店内の三分の二は陶器や民芸品を売るスペースで、三分の一には竹のテーブルが四卓だけあってお茶が飲めた。蓋つきの茶碗で飲むウーロン茶一杯が八十元、ポットの湯をつぎ足しながら四、五時間長居するのが常だった。客中作はこうして明星（ミンシン）珈琲館に代わった。仕事の場所が台北の西から東のエリアへと、月日の流れとともにいつの間にか移り、私たちも浮遊する魚の群のように波に乗って東へ来たにすぎなかった。
客中作で、私たちは『恋恋風塵』『ナイルの娘』『悲情城市』の脚本を完成させた。茶芸館は日増しに繁盛の様子を見せ、地下室も借り上げて十以上の個室喫茶コーナーに改装して、設置された古い水車がカラカラと回転して水をかき回し、赤い金魚も泳がせていた。お茶代は一〇〇元に値上がりして、一〇パーセントのサービス料も上乗せになったが、私たち常連客には一割優待してくれた。

茶芸館の斜め前に犛田（リーティエン）〔自然食レストラン〕がオープンし、『ナイルの娘』の二つのシーンはこの店を借りて撮影した。去年、旧暦の年越しの際に、茶芸館は茶器を全部新しくし、お茶代もまた値上がりして一五〇元になったが、「しかたないのよ、家賃が上がっちゃってね」と、私たちが〝お姉さん〟と呼んでいる柳（リウ）さんがそう言う。ガラス窓に竹のすだれが掛かった客中作のそのコーナーは、すでに私たちの定席となっていて、隔週土曜日の午後三時から五時に玉（ぎょく）の勉強会を行う紳士や婦人方に席を譲る以外、そこは私たちのものだった。

毎日昼食が済むと客中作に行き、夕方までそこにいて、外で食事をしてまだ戻り、ラッシュアワーが過ぎてからやっと帰るという日々だった。おやつや茶葉は自分で持ち込み、テーブルには本や資料が山積みになった。眠くなると椅子の背もたれに仰向けに寄りかかってハンカチで顔を隠してひと眠りし、疲れると靴を脱いで椅子のひじ掛けに両足を載せたりしていた。こんなふうに、一年前の十二月から翌年の四月まで、『悲情城市』のシーン割りをじっくり練っていき、脚

ドキュメンタリー『HHH：侯孝賢』（1997 年、オリヴィエ・アサイヤス監督）より。
客中作での侯孝賢と朱天文

本の決定稿を仕上げたのだった。

五年の間、台湾はまさに多事多難で目まぐるしく時が過ぎていったが、ちょっと落ち着いて目を凝らしてみれば、さまざまなビルが平凡で薄暗い外観から新しい顔に変わっている。犛田の隣には、段差のあるガラス張りのショールームができて、クールで清潔な空間にはバスタブやトイレ設備や洗面台などが芸術作品のように展示されている。それらはドイツのバーグ社のバス・トイレタリーのユニットデザインで、ロゴがラインブルーで書かれている。その隣は二十四時間営業のゲームセンター「赤い靴下」で、ゲーム機の音がけたたましく響いている。そのまた隣は濃得(ノンダー)アクセサリー店、原木が材料だ。その隣の中華メソジスト教会も〝神は世の人々を愛す〟と書かれていたコンクリートの塀を壊し、真っ白な塀に建て替え、壁面にゴシック様式の窓枠をいくつも飾りに付けている。

マンションの向かい、北平半畝園(ベイピンバンムーユエン)レストランのそばには茱諾(チューヌオ)カフェ、水沙蓮(シュイシャーリエン)ブティック、創意(チュアンイー)ヘアサロン、そして店名も何も出していないメンズファッションの店があり、街路樹に隠れるように四角いプレートがあるだけだ。それには、〝There is only one CHEVIGNON〟〔フランスのアパレルブランド〝シュビニオン〟〕と書かれている。

唯一ここにしかない東豊街は、今もまだ変化しつつある。

小川紳介監督を悼む

一九九二年二月八日

それは実に、とても、とても不幸な知らせだった。いかに言葉を尽くそうとも、私たちの哀悼の想いを表すことはできない。

小川紳介監督[訳注1]とは一度しかお会いしたことのない私、朱天文がペギー・チャオと侯孝賢に代わって筆を執り、小川監督とともに夢を追い奮闘してきた友人たちに向けてこの手紙を書いている。映画の世界では、私たちはすでに互いをよく知り、強いきずなで結ばれている。

しかしこの手紙では、ほとんど人に知られていない些末(さまつ)な出来事を二、三記し、小川監督の生涯を偲(しの)ぶ一端とすることしかできないだろう。

小川監督はかつて『ニッポン国 古屋敷村』で一九八二年ベルリン国際映画祭の「国際批評家連盟賞」を受賞し、一九八七年には侯孝賢も『恋恋風塵』を出品していた。その年、小川監督は映画祭に参加していたが、侯孝賢は行っていない。雪の降る夜、『恋恋風塵』の上映があり、会

1987 年東京にて、小川紳介監督（左下）と初対面時の侯孝賢

場はベルリン市の中心部からかなり離れた小さな映画館だったが、小川監督はわざわざ駆けつけたのだという。観客は七、八人しかいなかったが、上映が終わるとみな立ち上がって拍手をし、余韻に浸ったまま、小川監督は居合わせた人たちとバーに行き一杯飲んだ。世界各地から来た観客、互いに見ず知らずで言葉も違うのに、みんなでグラスを挙げ、遙か遠く台湾にいる侯孝賢の健勝を祈ったのだ。それから三カ月後の東京、小川監督は侯孝賢に初めて会い、このベルリンでの出来事を話した。侯孝賢も早く観たいと願っていた『1000年刻みの日時計 牧野村物語』を観て、二人は知己となり、半分筆談、半分通訳が入って話をし、互いに、あなたのほうが自分より優れていると謙遜し合っていたという。

侯孝賢は台湾に戻ってから、『1000年刻みの日時計 牧野村物語』のことを自分のスタッフやあらゆる友人たちに話して聞かせた。ずっとあとに、カメラマンの陳懐恩（チェン・ホアイエン）〔＊巻末参照〕は小川監督のことを話題にするたび、名前を思い出せなかったが、「三年間稲を植えたあの監督」といつも言っていた。

一九八九年の第一回山形国際ドキュメンタリー映画祭に、ペギー・チャオひとりだけが参加できた。ニューヨーク映画祭が終わり台湾へ帰る途中、東京でトランジットとなったのだが、彼女は私たちの羨望（せんぼう）の眼差（まなざ）しを受けつつ、単身、山形に赴いた。五日後、ペギー・チャオの映画祭訪問記の原稿が上がり、サブタイトルには小川監督の「私が撮りたいのは、撮影者と被撮影者が一緒に創り出す世界だ」という言葉が引用されていた。この言葉は、映画人たちの間で語り継がれ、ドキュメンタリー映画についての最も明快な解釈とされた。

そして去年（一九九一年）の八月、私はやっと小川監督とお会いすることができた。それは初対面であり、そして最後の出会いでもあった。当時、小川監督は中国の女性監督彭小蓮（ポン・シャオレン）〔小川監督の未完のフィルムを引き継いで完成させた『満山紅柿 上山―柿と人とのゆきかい』のほか、『上海家族』『美麗上海』『リメンバー・ミー』などがある。二〇一九年没〕を支援して資金を見つけてやり、東京で暮らす中国人留学生のドキュメンタリーを撮っているところだった。夜遅くに撮影を終えて、池袋から大久保に来てくださってお会いした。大久保駅前の喫茶店で、十二時を過ぎると追加料金がかかるから早く注文したほうがいいと、ウェトレスが気をつかってくれて、少し温かな気持ちになり、小川監督も子供のように喜んでいた。監督の声はとても大きく、英語で話し、一緒にいた侯孝賢もそうしたが、居合わせた人たちの中で、彼ら二人の英語がいちばん下手だった。だが、ペギー・チャオが小川監督の英語はすばらしく進歩したと褒めると、監督はとても嬉しそうだった。

同年十一月の台北金馬国際映画祭〔現在の台北金馬映画祭〕で『１０００年刻みの日時計 牧野村物語』が上映されることになり、事前の宣伝では、小川監督が来ると案内されていた。台湾にぜひ行きたい、そして自分の経験を台湾の若い人たちと分かち合い、志のある青年たちと一緒に頑張りたいということだった。私はチケットを二枚買って、日本語が堪能な母と映画を観に出かけた。午前十時半の回、秋の日差しが静かに注いでいた。観終わるともう午後二時になっており、母娘ふたりはお腹がペコペコで、路地裏に入って食べ物屋を探し、チマキと薬膳スープを食した。小川監督は来場しておらず、ご病気で入院されたと聞いた。だが、私と母は小川監督の思い出を映画で共有していて、監督はお出でにならなかったが、思い出は私の中にいつまでも残っている。

水仙すでに鯉に乗って去り
一夜の浮渠（ふきょ）は紅涙（こうるい）多し

これは唐の詩人、李商隠（りしょういん）の作で、意味はおよそこのような感じだろうか。
「仏は去ってしまい、今はあなただけがいる。あなたがいることは仏のご意思であり、これからは大事なことはあなたが頼り。もしあなたが蓮（はす）の花であるのなら、紅涙の朝露の中で花開いてください」

訳注1　ドキュメンタリー監督、『日本解放戦線 三里塚の夏』から始まるシリーズや、農村に住み込んで農民とは何かをテーマに『ニッポン国 古屋敷村』などを製作した。山形国際ドキュメンタリー映画祭の創始者でもあり、アジアの映像作家たちに大きな影響を与えた。

『戯夢人生』の〝雲塊編集法〟

一九九三年五月

映画脚本の出版に関しては、すでに『恋恋風塵』と『悲情城市』がある。今回私たちは、『戯夢人生』をシーン割り台本の形式で出版することにした。

理由としては、李天禄（リー・ティエンルー）〔台湾の伝統的人形劇・布袋戯の人形師で人間国宝。『戯夢人生』のモデルであり、『恋恋風塵』など侯孝賢作品には俳優としてかかわってきた。一九九八年没〕が出生から八十歳までの人生を語った『戯夢人生——李天禄の回顧録』が一年あまり前に出版されているからだ。この本は内容豊富で興味深い口述なので、誰がなぞっても話が色褪（いろあ）せるだろうし、ましてや日本統治時代の終焉（しゅうえん）以前の彼の経験を基に脚本は作られているのだから、話の繰り返しは余計なことに決まっている。

というわけで、李天禄の口述と侯孝賢の映画作品をはっきりと分けて考えることにしたので、本書は独立性をもたせて、シーン割り台本とした。

もちろん侯孝賢の映画であり、侯孝賢のカット割りである。本作品の脚本家の一人として、私自身興味深いのが、この脚本が結果的にどんな姿になるのかということだ。それは上映プリントが出来あがるまで、誰にもわからない。

そう、誰にもわからない。侯孝賢のカット割りは、撮影前ではなく、撮影中に決まるからだ。実際、彼はあまりカットを割らない。半ば曖昧な状態を残したまま撮影現場に臨み、撮影を行なうことを好む。彼が撮影ですることは、監督というよりは、〝採集家〟に近いのではないか。本人がインタビューで答えていたが、「撮影の対象に入っていこうとして、その対象に集中するとき、対象自体が何かを語りかけてくる」ということらしい。彼は観察をしながら探し、待ち続けているだけにすぎず、対象が突然語りかけてきたら、それを即座に捉えて採集箱に収めるかのようだ。

果たして彼は箱いっぱいの貴重な素材を持ち帰ってくる。編集室へやってきて、それを広げて細かく見てみる。「いよいよ編集が始まると撮影素材に向き合うわけで、それが自分の想定していたものではないとき、通常、監督にとってかなり難しい状況になる」と彼は言う。

今回の撮影は三分の二以上を中国福建省で撮らなければならなかった。フィルムは香港へ送って現像し、ラッシュプリントを作る。となれば飛行機に乗って香港でラッシュを見ることになり、彼はいっそのことラッシュを見ないことにした。クランクアップの後、台湾へ戻り、とるものもとりあえず編集機の画面で素材を見たが、そこには現実があるだけで、撮れていないものは撮れていなくて、満足のいかない素材が良くなるわけでもない。編集作業に入って三カ月。あまりに作業が進まないため、侯孝賢は廖慶松（リャオ・チンソン）に怒りをぶつけそうになった。

廖は最初、まだ〝気韻編集法〟で作業をしていた。これは『悲情城市』の編集で得たものである。一言で言ってしまうと、テンションをつなぐのだ。それぞれの画面の水面下にある情緒を、留まることなく綿密につないでいく。しかし今回の作業にテンションは要らないと、侯孝賢が言う。では要るものとは、彼が欲しいものとは何だろう。最初は言葉で説明できない。単なる消去法で、とにかく情緒は要らないということだ。そんなわけで二人はかなりの時間と精力をコミュニケーションの摩擦に費やしてしまった。最も険悪な状況になったとき、侯孝賢は「今後は自分が指示するとおりに作業してくれるオペレーターを雇う」と言いだすほどだった。

作業も後半になり、侯孝賢もやっと自分の必要とするものを明確に表現できるようになった。「雲の塊の一つ一つがてんでに沸き起こり、重なっては消えていく。そして知らぬ間に映画が終わっている」ようなものを求めているのだと。彼は廖に言う。「李天禄が映る編集素材を細かく見てくれ。フィルムは李天禄の話しぶりにしたがって編集してくれたらいい」

編集を終えて作品は二時間二十二分、カット数は百、気の毒なほどに少ないカット数だ。

後日、ポストプロダクション作業の際、東京現像所でプリント作成を行なったとき、思いがけなく『青い凧』〔田壮壮監督作品。東京国際映画祭でグランプリを受賞したが、中国政府に無断で出品したとして国内公開を禁じられ、監督は五年間の撮影禁止処分となった〕を観たが、良い作品だった。

廖はその出来栄えに感嘆しながらも、もし自分が編集できたとしたら、今より数倍も良い作品になるだろうと言う。そのときの廖の様子ときたら、ミケランジェロが大きな石の塊を指さして、この中にはダビデがいる、自分が鑿を振るって明瞭な形にしていけば、不世出のダビデが現れる

『戲夢人生』より

1993 年、東京現像所の社員食堂での廖慶松と侯孝賢

東京現像所で『青い凧』の監督・田壮壮（ケーキを切っている）の誕生日を皆で祝う。
（左から）廖慶松、演出部・洪智育、侯孝賢、杜篤之

ぞ、と言わんばかりだった。

今回の編集作業の感想を廖が語った。「法則を甘くみてはいけない、それは厳として存在するのだ。『戯夢人生』でいうなら、時間をかけて法則を探し、それに向き合い、時間をかけて擦り合わせていくと次第に姿を現してくる。法則が見つかれば、それが作品をまとめてくれて、この作品に最もふさわしい形式と内容になるということだ。あとは法則に従えば、それが我々を導いてくれる、そうするうちに、まもなく編集作業が完了する」と。

私は彼の言葉を記しながら、〝雲塊編集法〟と名づけようと思ったしだいである。

今回彼は動き始めた

一九九五年五月十三日

後見の明

たとえばクリエイターが孤独に耐えかねて自分の作品を語り出したら、すでに完成して存在する作品にとって、あらゆる説明と解釈はみな、余計な「後見の明」だろう。私の浅い経験なのだろうが、語られるのは、ほぼわかりきった内容であり、そこで何かを提起したとしても、物事を創り出したその瞬間には及ばない。創作とはクロード・レヴィ＝ストロース〔フランスの社会人類学者〕の「私の仕事は、自分自身も知らない考え方の可能性を探すことにある」という言葉どおりだ。ならばクリエイターは「天は何をか言わん哉（かな）」に学んで、何も語らない方がいいのだろう。

しかし、それでもなぜ語ろうとするのか？

唯一の場合として、失敗したからである。納得できる出来ではなくて、本当はこうでなければとか、早くに気づいていればいろいろやり方があっただろう、などと言いたいのだ。悩んだり悔いが残ったりで、ブツブツと言い続ける。こうした場合、聞き手はいても独り言のようなもので、懺悔（ざんげ）に近いのだろう。

侯孝賢と十年あまり仕事をして、彼の映画のために書いた脚本の数も十本になる。毎回映画が完成するたびに同じようなことをひとしきり述べる彼の姿を目の当たりにする。そして、締めの言葉はいつも「もう一度編集すれば、今より百倍も良くなる」で、ほとんどの作品が残念で不満らしい。次の作品こそ、この無念を晴らすものにしたいと言うのだ。

しばしば思うのだが、彼のこの種の〝後見の明〟を記録しておき、身近な手本として周囲の映画熱に浮かされている友人たちに紹介したいものだ。つまるところ、成功の果実は似たり寄ったりだが、失敗の味は様々なのだから。

『戯夢人生』の位置づけ

今後、もし侯孝賢の映画研究をする人がいれば、『戯夢人生』が彼の創作の頂点であり、転機となっていることに気づくだろう。

過去の作品群を見るなら、一九八二年の『川の流れに草は青々』は決別の作品だ。彼が一九七三年から業界に入り参加してきた、商業的に成功する映画たちとの決別である。中毒の発作は、八十三年に撮影した『坊やの人形』から始まった。そして九十三年の『戯夢人生』で、この発作もついに来るところまで来てしまった。持病も出しきればすっきりする。

何よりも話題にされるのが、すでにトレードマークになっているフィックス〔固定撮影〕と長回しだが、『戯夢人生』に至っては行き着くところまできている。その徹底ぶりを友人たちが笑って言う。まるで写真アルバムだね、カット数が百しかないなら、アルバムみたいに一枚一枚めくればいいと。

長回しは俗に言われる、時空を不足なく捉えるためであり、本来は被写体を尊重することからきている。（撮影サイドの）主観で被写体を分割せずに、被写体の自由度を妨げない。長回しの高度なリアルはドキュメンタリーに肉迫するし、素朴な魅力を発散する。

長回しによる画面処理とは、画面の奥行き、人の動きのアレンジなどにより、その場の環境と人物に自ら語ってもらうことである。ワンシーンからもたらされる情報は重層的で、一つだけの定義とは限らず、ときに曖昧で、実は観る側の参加と選択に委ねられた情報でもある。

長回しの難しさは、それぞれ見た目がてんでバラバラで相互作用性に欠ける映像をいかにまとめるのか、にある。かつ、ドラマチック路線はさける――それは衝突やクライマックスを放棄することを意味する。では、いったい何を拠（よ）りどころにして映画を完成させるのだろう。

私は、長回しは別の角度から世界を見る、あるいは理解、解釈をする方法なのだと思っていた。台湾ニューシネマにおける長回しの濫用は、侯孝賢がその張本人である。しかし長回しの問題

李天禄と侯孝賢

はその長さでも緩慢さでもなく、得てしてそれが美学的スタイルの一つに過ぎないという点にある。それが世の中を観察する態度でも眼差しでもない場合、つまり美学的なスタイルでしかない場合は、ペギー・チャオの「そんなことならハリウッド映画を見た方がまし」という言葉を非難できないだろう。

『戯夢人生』は長回しを使い尽くした感がある。たとえば構造的にも彼は大胆な省略をしている。本人に言わせれば、いくつかのテイクをチョイスすることで、部分が全体を表すのだそうで、「要は選択されたテイクが豊かで厚みのあるものでなければならない。縄に染みる油のように、部分的であってもそれが縄全体に染み込んでいくイメージだ」と言うのだ。一つの場面、一つのカット、それらをつなぐものは因果関係ではなく、映像の底辺に潜むテンションであり、画面の息遣いだということだ。

それに加えて彼の作品に特有の節制が、さらに一層、度を深めている。彼はフレーム外の空間、音、事件などを借用するのに長けている。虚をもって実と成し、観客に余白を提供するのだ。この省略と節制により、彼は編集の段階で、まだ発生していない事柄を見せてしまう。解釈も手がかりもなく。これもしばらくするとわかったりするのだが、今まで見た映像の意味を追憶することになる。観る側は常に見終えたショットを振り返り、何度も反芻しながら、作品と対話していくことになる。

したがってワンショットが即座に十年の幅となる可能性もある。「画面外の音が撮影空間を超えて、何ら障害もなく事がらを連ねていく。タイムトラベラーを想わせて、まるでアラン・レネのようだ」（ヴィレッジ・ヴォイス〔アメリカの新聞、すでに廃刊〕の評）。『戯夢人生』は彼の映画の特質としては総決算であり、さらにその先へと行き着いてしまった。ドラマ性は更に淡く、映画の純粋へと向かう。ボーダーラインまで来てしまうと、観客は疑問を抱く、これはいったい映画なのだろうか、と。私が思うに、『戯夢人生』は格別、映画の創り手たちが観たがる映画なのだ。

映画の創り手たちは、『戯夢人生』を観て喜びと啓発を感じるらしい。たとえば黒澤明監督は、自身の映画創りとはあまりに違うために四回も観たという。イランのアッバス・キアロスタミ監督〔『桜桃の味』でカンヌ国際映画祭パルムドール、『風が吹くまま』でヴェネチア国際映画祭審査員特別大賞など。二〇一六年没〕はカンヌ映画祭で観たらしく、のちに日本に来た際にこの映画を取り上げて、「観終えたときにも素晴らしく、思い返してもやはり良い、とにかく凄い」と語ったという。

おそらくこれが『戯夢人生』のポジションなのだろう。創り手の側に置くほかはない。不幸なことにこの作品は、どうやら観客から更に遠のいてしまったけれど。

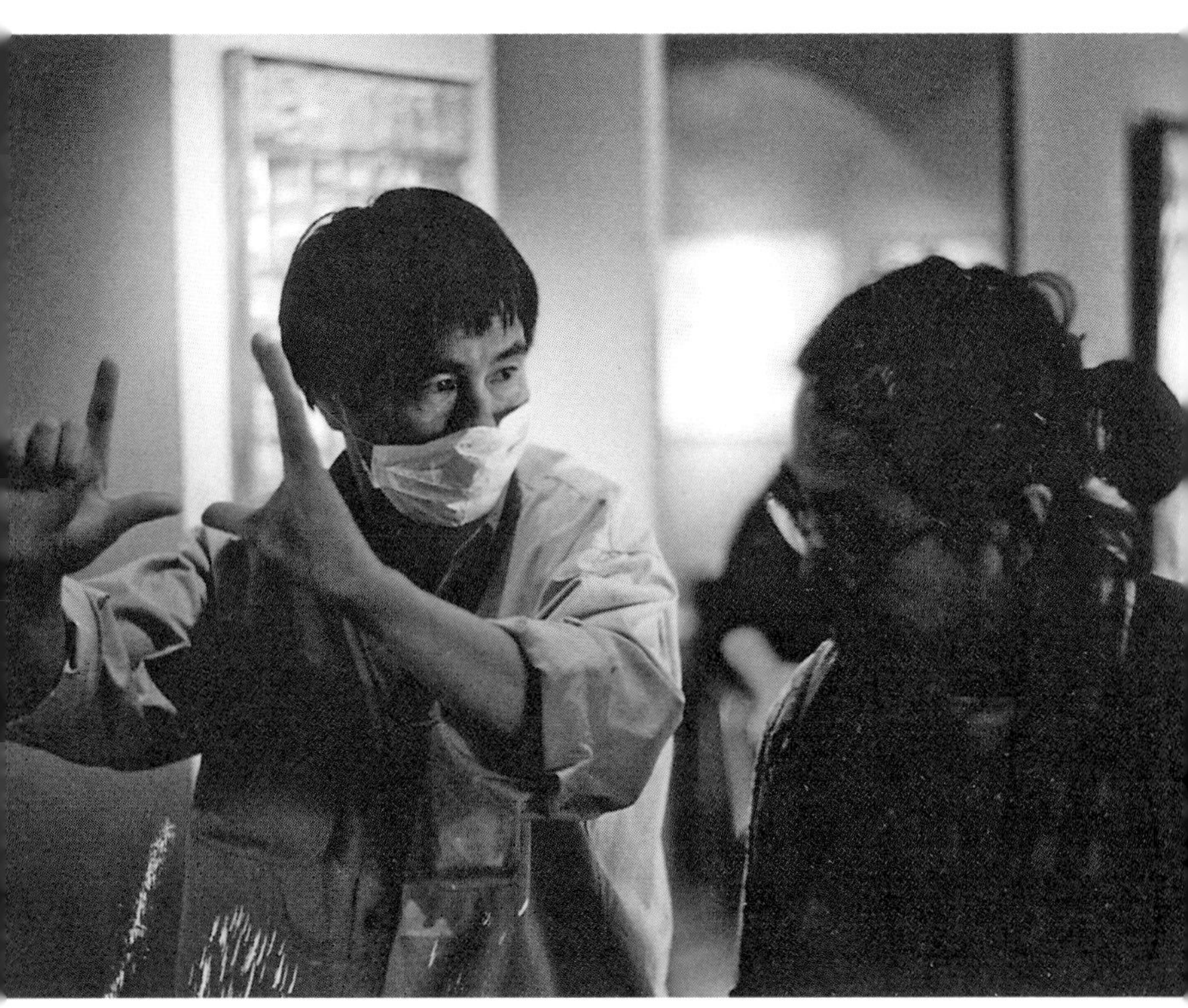

『戯夢人生』撮影時の侯孝賢と陳懐恩

俳優を創りだす

「得到帰来」という書が、能楽の大家、野村保の家に掛かっていた。物事を徹底すれば、いずれ本質に立ち返るという意味だ。長回しで世界を表現するのも『戯夢人生』で行きつけば、別のことを考えなくては。それが俳優を創りだすことだった。

長回しのもたらすリアリティから、侯孝賢はほとんどスターを起用せず、俳優を本職としない出演者を自ら選んできた。スターを起用したくないのではない。スターはギャラが高いとか、スケジュールがないとか、そうしたこと以外に、やはり肝心なことは、スターとは映画産業が育てあげた豪華なきらめきを放つ宝石なのであり、彼らの起用にはそれなりの対応が必要になってくるからだ。

映画産業における専門分野としての分業、すなわち制作、脚本と演出、俳優、撮影、美術、コスチューム等のデザイン、音楽、編集、そのすべてに高いクオリティがあってこそスターも活きるというもの。台湾は以前から現在に至るまで、映画産業が存在しなかった。産業と呼ばれるにふさわしい量と質がともなわなかったのだ。それで誰もがスターになるために香港へ渡った。私が見るに、台湾は今後もスターを輩出するのは難しそうだ。

いわゆる台湾ニューシネマは、置かれた生態において生み出されたものと言える。「ニューシネマには文化があるけど、楽しくない」とはそのとおりだ。ただ事実を指摘するならば、台湾国産映画がダメになったことが先にあり、ニューシネマの誕生はそのあとである。したがってニューシネマが台湾の映画マーケットをダメにしたわけではなく、ニューシネマは砂利を手探りで確かめながら川を渡り、可能性を探り当て、それがたまたま商業的な成功を見せたので、映画マーケットの動きを導いたのだ。台湾ニューシネマは誕生したが、それはあくまでも手工業路線であり、今後少なくともその精神は残るだろうが、映画市場の栄枯盛衰を左右する力などあるはずがない。

この十年（一九八六〜九五年）で、侯孝賢が起用した映画スターはただ一人、『悲情城市』のトニー・レオン（梁朝偉）だけだ。それ以来、侯孝賢は俳優を撮るのだとしきりに言う。自分がプロデュースを引き受けた『天幻城市』（侯監督の助監督・徐小明の監督デビュー作）などはなおさらだが、『戯夢人生』の脚本を話し合うときも「誠心誠意誓う、俳優を撮るよ」と言った。それなのに、結果として出来上がった作品は、かつてのどの作品よりも登場人物たちの見分けがつかない。私たちはふざけて〝蟻(あり)軍団〟と呼んでいた。

いっそのこと主役を時間、空間とすれば、いかに社会が激しく移り変わっても、それを嘆くこともない、というのは根本的な真理だろう。

創作とは、その半分が思うようにはいかないものだ。『好男好女』までできて、彼は変えると語ったものを変えられるゆとりを得た。今回、彼は言葉のとおりに俳優を撮っている。

テーマを定める

しかしなぜ伊能静（イーナン・ジン）（いのう しずか）〔八十年代末から台湾で活躍したアイドル歌手。継父が日本人であったため、継父の姓を芸名に使用。『好男好女』への出演を契機に女優にシフト〕なのか？ 十人いれば九人がそう思う、いや九人半までが懐疑的なのだと伊能静本人が言う。いずれにせよふさわしくないと思われている。

伊能静と知り合ったのは一九八八年で、『悲情城市』のヒロイン候補だった。当時彼女はデビューしたばかりで、テレビに映る彼女はマスコミ対応にも慣れていなくて、ぎこちなかった。結局『悲情城市』に出演はしなかったが、付かず離れずのつきあいは続いていた。そんな六年間、メディアに映る彼女の水面下にある素顔、実生活の彼女を見る機会があった。

彼女は自身が放つエネルギーに気づいていないのかもしれない。自分の向上心、そして野心に。私たちは数年のつきあいのうちに、なんだか責任感を覚えはじめて、おしまいの頃は、そろそろ撮らないと彼女が老いてしまう、みたいな心境だった。

今回の撮影で、侯孝賢は、事前に脚本開発をしてから劇中の人物にふさわしい出演者を探すという従来の方法を変えている。伊能静に視点を定めて、彼女の状況を見ながら脚本を考えた。伊能静という宿題を決めてからほかを解決していくわけだ。

初期の段階では、映画の題材は朱天心（チュー・ティエンシン）の小説、日本のおとぎ話を比喩にした『従前従前有個浦島太郎（昔むかし浦島太郎がいました）』だった。竜宮城で楽しいひとときを過ごした浦島太郎は海辺へと戻るが、現世では長い年月が過ぎていた。小説は老いた政治犯が社会に適応できない状況を描いており、それは浦島太郎そのものである。侯孝賢の「台湾悲情三部作」として今回は現代へと視点を移し、今を撮る、つまり、浦島太郎のような不条理な存在を撮るのは言うまでもない。

そして状況設定をいくつか考えてみた。たとえば伊能静が老いた政治犯の末娘であるとか、あるいは都会に生きる新人類的な女性の暮らしと政治犯の生活を交互に見せて対比するとか。伊能静の資質を生かすために、最終的には浦島太郎を『幌馬車（ほろばしゃ）の歌』〔台湾のルポルタージュ作品、藍博洲著〕で語られる蔣碧玉（ジャン・ビーユー）夫妻〔日本統治時代の民族活動家・蔣渭水の養女である蔣碧玉とその夫・鍾浩東は、抗日戦のため中国大陸に渡ったことから政治犯とされ、浩東は白色テロの時代に処刑されている〕のストーリーとして、現実社会の部分は伊能静自身が役柄に入りやすい状況を踏まえて選んでいる。つまりタレント、歌手、女優などの設定にして、ストーリーの進行と共に一人二役、そして劇中劇という構造になった。

伊能静というテーマがなければ、『好男好女』の脚本は成立せず、映画のタイトルさえ存在しなかっただろう。

こうも言える。侯孝賢という〝不動明王〟が動きたくなったのだ。役者を撮ることこそ、彼の新しい挑戦なのである。伊能静が存在しなければ、私たちは別の誰かを話のテーマに立ててただろう。もちろんその場合、まったく異なる脚本になったはずだ。

『好男好女』撮影現場のスナップ（提供：小坂史子）

熟成のうまみが出せない

劇中劇、女優リャンジンの実生活、そしてすでに亡き人であるリャンジンの恋人アウェイとの過去、ストーリーはこの三つのラインが織りこまれていく。

では、何をもって織りこんでいくか。リャンジンの主観がよりふさわしいだろうということになった。模索した結果として、リャンジンの意識に沿って、カメラも共に動いていく。それはなぜか。脚本を話し合う過程で侯孝賢がカメラアングルを語るときに、動かし始めたからだ。

リャンジンの意識には、夢と記憶が混在し、やがて劇中劇の部分がリャンジンの夢想になる。また劇中劇はなかなか撮影が始まらず、映画が終わる頃にようやく始まる設定になっている。

毎回私がため息をつくのは、侯孝賢が〝語る〟映画は、彼が撮影したそれよりはるかに素晴らしいからだ。彼が語るカメラワークを聞くにつけ、本当に彼にお願いしたいのは、どうか『好男好女』には醸成の味わいを出してほしいということだった。リャンジンの意識にある過去と劇中劇が共に攪拌されて発酵する独特の雰囲気がほしいのだ。

後日、ラッシュを見て私は大いに失望する。こんなに淡々としたままなのか、熟成どころではない。

編集作業も覗きに行った。カメラがレール移動するシーンだったが、私はうち萎れて言った。

「少しは熟成を感じられるかしらね」と。カメラマンの韓允中（ハン・ユンチョン）は目を丸くして、意味を尋ねてくる。彼にとって聞き覚えのない言葉なのだ。韓さんはコマーシャルを十年撮っていたが、映画は初めてだった。

侯監督と仕事を共にして久しい陳懐恩（チェン・ホアイエン）は今回撮影監督の立場だが、韓さんをちらりと振り返って、「熟成の味わいとは何なのか、それは自分で考えて感じればいい。主体的にね」と言った。

熟成の味わい――そのとおり。二人の様子はアニメ『禅説・阿寛』〔一九九四年製作の台湾名作アニメ。不良少年の阿寛が山寺の生活で己を見出す話〕の兄弟子と弟弟子を彷彿（ほうふつ）とさせた。

さらば旧友よ

カメラは動くけれども、依然としてカットを割らない長回しで、パン、ドリーやクレーンを使用、空間の連続性を保ちながらリャンジンを見据えている。

カット数は五十七。『戯夢人生』の百よりさらに少ない。おおよそワンシーン・ワンカットだ。ストーリーの語り方、つまり省略や節制、先に映像で見せて後で設定が見えてくるなど、以前の作品と変わらない。しかし、明らかに異なる部分もあるのだ。

編集の際、彼はいつも作品が小ぶりになるのを嫌う。よく言うのが、画面が薄っぺらいということ。オーストラリアでダビング作業をしてがっかりしたという。かつてのフィックス撮影の大らかな魅力がない。今回は映像の情報があまりに単純で、カメラアングルに従ってパンをしても限りがあり、カメラワークも小作りで、今一つ面白みがないそうだ。

私なりに弁護するならば、『好男好女』は最近の侯孝賢作品の中でより観客に近づいた作品と言えるかもしれない。少なくとも人間の感情ははっきり描かれている。『戯夢人生』の良さは見えにくく、説明しづらいけれど、『好男好女』はわかりやすい。ペギー・チャオに言わせると、『好男好女』は芝居をベースに成り立っている。断片的に見ても、過去の作品は日常的な部分を切り取っていたが、今回はドラマチックな動きがあると言う。

もちろんこうした言葉で、侯孝賢をなだめることはできない。実際に鋭敏な詹宏志（チャン・ホンチー）なども感じるところがあるらしく、侯孝賢は潔癖すぎると言う。

確かに、侯孝賢も認めている。映像空間が曖昧だったり、情報が複雑になると、リャンジンの意識描写が薄くなってしまう。だから撮影の時に彼女を撮っても、編集の際には切り捨ててしまうなど、本筋にかかわらない枝葉に当たる部分を全て排除している。

『好男好女』を観た詹宏志は呆然とし、私は唐諾（タン・ヌオ）〔作家・評論家。朱天心の夫〕の禁煙を連想した。彼の禁煙は一度で成功している。小学三年生になる唐諾の子が禁煙の難しさを問うと、「そうだね、二十年来の友人と別れる感じかな」と答えていた。詹宏志が観た侯孝賢の新作は、よく知る友人との別れを感じさせたのではないだろうか。

『好男好女』クランクイン前の成功祈願（提供：小坂史子）

映画や、その脚本を話し合う段階において、侯孝賢は撮影内容を頭の中で徹底的に反芻（はんすう）している。その後は脚本をあまり気にせず、直接撮影現場に向き合い、撮影に臨む。しかも撮影の内容は得てして脚本にないものだったりする。予想もしない良い映像が撮れるとひどく喜ぶ。彼は俳優が脚本を読むことを必要としない。読むと、むしろ演技がダメになったりするそうだ。聞くところによると、ウォン・カーウァイ（王家衛）も俳優に脚本を読ませないらしい。最後、編集作業になって、改めて撮影素材に向き合う。さあ何が撮れているのか、撮れているものをつないでいく。彼は「撮れたなと思うもの、良かったと思うシーン、好きなものをつなげば、それが正解だ」と語っていたことがある。

書籍に収めるシーン割り台本は、最終編集が終わったあとに、私がその映像を見ながら文章にして出来上がっている。

たとえばリャンジンとアウェイのシーンにしても、本来のシーン割台本は施工のための青写真に過ぎない。撮影現場では侯孝賢が出演者にシチュエーションと雰囲気を提供する。伊能静と高捷（ガオ・ジエ）（ジャック・ガオ）〔『ナイルの娘』でのデビュー以降、侯孝賢作品に数多く出演する俳優〕がそこへ入っていって、あらゆるセリフ、ディテール、互いのやりとり、すべては二人が〝面白がって〟創りあげたものだ。リハーサルでの動きの確認もなく、じかに動いたその一度で撮影をする。現場で侯孝賢は出演者に対してほぼ二つのことしかやらない。注意深く観察して撮影現場の状況を調整していき、また見て、調整。たいてい彼は演技を指導せず、出演者にセリフの暗記を強いることもない。こうして出来上がった編集後のリャンジンとアウェイは演じ手から発信されたもの、与えられたものだ。それを受け取り、侯孝賢の選択とアレンジを経て映像に眼差しを与える。構想から完成、その間には想定外の状況が溢れ、かつ可能性に満ちていた。

当初の美しい構想では、リャンジンの意識にそって撮るはずだったが、撮るに従って、どこか隙間、ひび割れを感じてしっくりこない。ポストプロダクション作業が始まり、侯孝賢は焦りだす。現代が撮れていない、何か手応えが感じられないと。

中国での撮影が終わり、作品はクランクアップ。ロケ隊は広東から香港を経て台湾へ戻った。恵陽（フイヤン）〔広東省の地名〕の環境になじめず体調不良だった伊能静は、香港に着くなり、水を得た魚のように元気になった。食欲も旺盛で、ショッピングに精を出す。その様子を侯孝賢はこんなふうに描写した。——香港の空港で一行が出国審査に進むとき、一番最後に姿を現したのが伊能静だった。手にはいくつもの手提げ袋、カートの上にも大きな紙袋が積まれている。はちきれんばかりの自由と奔放さに満ちた彼女の姿を見て、彼はやっと悟ったという。『好男好女』の現代はこれなのだと。いかに撮るべきかを彼が会得したのは、映画をすでに撮り終えたあとだった。

現代に生きる人々の〝今〟を撮る。

そこには生身の存在である人間の避け難い状況があり、感動もあるだろう。

それにしてもどんな〝今〟なのか。侯孝賢の世代には相容れない〝今〟なのだろう。今に生きる人々を撮ろうとしても、彼らとは決して同一にはなれない。かといって良い部分だけを取って滓を捨てることもできない。なぜなら両者は一体なのだから。そして、ここに断裂が生じる。批判？　侯孝賢の性分とモチベーションは、決して批判には向かわない。諷刺や冷笑も彼のスタイルではない。彼は憐れむのではなく、〝同情〟――情を持って同じように感じるのだ。善悪を呑み込み世間に寄り添えば、彼はうまく撮れる。

間もなく『好男好女』が公開されるが、あまりにも納得がいかないため、彼はすでに次の映画〔『憂鬱な楽園』一九九六年製作〕に着手しており、六月にクランクインらしい。そしてまさしく、現代を撮る。

第二章

写真が語るあの時　この想い

サンプラスとチーター

一九八六年、『恋恋風塵』のロケ地で。廃坑の前、主人公のアワンがトンネルから駆け出してくるシーンを撮影時の侯孝賢。

二〇〇一年のある日、ウォン・カーウァイ（王家衛）はフランスの映画会社Paradiseに入っていき、この写真を見て言った。「これはピート・サンプラス〔アメリカのプロテニスの名プレイヤー〕だろ?」

作家の劉大任（リウ・ターレン）がサンプラスについて書いた『簡単而厳粛（シンプルかつシリアス）』という本で以下のように述べている。

「この世界で、あるものを好きになったら、そのために完璧なまでに自分を鍛え、まったく一分のすきもないまでに極めることだ。そして、そこに満足を得ること以外、ほかの一切は重要ではなくなるだろう。こうして、きみは強くなり、ふと襲ってくる寂しさにも余裕で抗うことができる。きみは勇敢になり、周囲の喧騒（けんそう）と熱狂を拒絶できるようになる。きみはシンプルかつシリアスでいることを学び取り、サンプラスのサーブ、ボレー、フォアハンド、バックハンドのように、独自のスタイルを創り上げれば、それはきみにしかない唯一無二のものになる」

だが、私が見るところ、この写真は『ディスカバリー』誌に載ったチーターにより似ている。獲物にじっと狙いを定めているときの、全神経を張りつめて、いっきょに爆発させる寸前の姿だ。（チーターの鼻翼の両側には涙の跡のような墨色の筋がある。その役割を、盟盟（モンモン）〔朱天心と唐諾の子〕は人間にとってのサングラスのようなものだと言った。幼い頃の盟盟は、生まれ変わるならチーターがいい、しかも絶対に雄のチーターに、と言っていた。雄のチーターは一生遊んでいられるからだと）

フィックス撮影で有名な監督数人のうち、ロベール・ブレッソン〔フランスの映画監督〕はこう述べている。

「私があまりカメラを移動させない理由はそこにある。野獣に迫るときと同じで、もしむやみに接近したら、獲物は逃げてしまうだろう」

フランスのブレッソン、日本の小津安二郎、そしてずっとのちに現れた台湾の侯孝賢、本人たちが同意しようとしまいと、評論ではいつも彼らを並べて比べたがる。最近、私は表紙もボロボロになった古い本のページをめくって、その中のインタビューを目にした。名前が記されていなければ、てっきり侯孝賢が答えているのかと思ったほどだ。その本の書名は『電影作者布烈松（シネマトグラフ作家　ブレッソン）』。

「映画の製作は、ルネサンス時代の絵画の伝統に従うべきで、監督はまず徒弟となり、技術をしっかり学ばねばならない。さもなくば今日のように、この業界に足を踏み入れ、監督となっても、何の能力も持っていないことになる」とブレッソンは語っていたのだった。

『憂鬱な楽園』とコッポラの『雨のなかの女』

一九九六年、『憂鬱な楽園』

この年のカンヌ国際映画祭の審査委員長は、なんと、フランシス・フォード・コッポラだった。あの『ゴッドファーザー』を撮ったコッポラだ。一九三九年四月七日にイタリア移民の子としてニューヨークで生まれ、そこで育ったコッポラは、自らの散財の傾向についてこのように説明している。「私は血も涙もない人間ではない。私は芸術の創作者に深い愛情を抱いているので、結果がおそらくすばらしいと思われ、かつ我々にも負担できるほどの提案については、拒絶することなどできないのだ」と。たしかにコッポラはいつも、ほかの監督に支援の手を差し伸べてきた。若き日のジョージ・ルーカス（『アメリカン・グラフィティ』）から、赫赫（かくかく）たる高名な先輩、黒澤明（『影武者』）まで様々な監督に。

コッポラのファンである私にとって、彼が私たちの映画を観てくれる日が来るとは信じがたいことだった。あの、コッポラが！

Sélection officielle
Cannes 96

Goodbye South, Goodbye

un film de
Hou Hsiao Hsien

nova 101.5

mk2

Inrockuptibles

『憂鬱な楽園』フランス版ポスター

だが、コッポラは観たのだ。コンペティション部門に出品された二十二本の作品を審査するとき以外に、もう一度この作品を観に来た。プレミア上映のとき、ひとり密(ひそ)かに会場に入ってきたコッポラの姿を見た人がいる。しかも、その後のレセプション会場で、審査の期間中、審査員はノミネート作品について自身の考えを公表してはならないという規則を無視して、彼はわざわざ台湾のマスコミに向かって侯孝賢作品に対する自分の感想を知りたくないかと尋ね、記者たちを大いに驚かせた。

コッポラはこう言った。「同僚である審査員の多くは、この映画が理解できないようだが、私には何を表現しているのか完全にわかっている。この映画が描く台湾の現代社会の描写は非常に興味深い。わからない作品を嫌う人は必ずいると思うが、私はこの映画を理解している」と。そして、コッポラは出資元の松竹にアメリカでの配給権を買いたいと申し出たのだ。

この一連の情熱と無鉄砲な行為は、何を意味しているのだろうか。

一九六八年の春、コッポラは『雨のなかの女』（The Rain People）をクランクインした。当初の構想は、彼の幼年時代の思い出が基になっていた。——あるとき、母親が夫婦ゲンカが原因で家出し、まるまる三日間いなくなったことがあった。そのうち二日は叔母の家にいたのだが、その前の一日は何をしていたのか、母親はどうしても言おうとしなかったが、ずっとのちに、その日はモーテルに泊まってひどく怖かったのだと彼に打ち明けた。

二十九歳のコッポラは、撮影チームを率いてニューヨークを出発して西に向かい、ずいぶん遠くまで来たとみんなが思ったあたりで止り、撮影するという計画を立てた。コッポラはジープに乗って、車内に編集機材を載せていた。彼の妻は子供たちを連れてフォードのトラックを運転して撮影チームのあとに続き、夜は家族で、行き着いた土地のモーテルに宿泊した。コッポラを含め、男たちは無精ひげを蓄えることを許されず清潔なイメージを保って、地元から撮影協力を得られるように努めた。こうした旅は四カ月にも及び、アメリカの十八州を走破した。

「我々は尋常ではない撮影方式で『雨のなかの女』を撮った。車数台とスタッフで好きな所に行って、非常にフレキシブルに動き、自分たちはまるでロビン・フッドの仲間たちのような感じがした。撮影機材さえ手にしていれば、どうしてもハリウッドでなくてはいけない理由はなさそうだ。もし行く先々、数台の車両と基本的な設備が揃(そろ)っているだけで良い映画が撮れるのであれば、サンフランシスコという美しい街で、我々の映画製作コミュニティを創りあげればいいのではないか、我々はインディペンデントで撮影できるのではないか、と夢想した」とコッポラは語っている。

『雨のなかの女』は今までにないほど楽しい撮影の経験で、独立して映画を製作したいという大きな夢を早期に実現する原動力となった。そしてそれが、そう、アメリカン・ゾエトロープ（スタジオ）として結実した。スタジオの建設も、その崩壊も、いずれも映画業界にとっては驚くべき一大事だった。

〝The Rain People〟（雨族）とは、何を意味するのだろうか。

（劇中の）その日の朝、主人公の女と男は、湿原の田舎町を通る。男の方、〝キラー〟というニックネームの、脳に障害を負ってチームを追放されたフットボール選手（ジェームズ・カーン）は、家出してきた女、ナタリーに「雨族」にまつわる物語を話す。雨族とは、涙を流すと身体がたちまち溶けて消えてしまう人々のことだった。キラーはその人たちに一度会ったことがあると言い出し、「その人たちは見たところ普通の人と何も違いはないけれど、ただ、女はみんな美人で、男はみんなハンサムなんだ。それに彼らは……そう、彼らの全身は雨でできていた」と語った。

それで、「雨族」なのだ。

『好男好女』の〝好男〟——医師 蕭道應（シャオ・タオイン）

眼鏡をかけているのが蕭道應（シャオ・タオイン）を演じた藍博洲（ラン・ボーチョウ）〔ルポルタージュを主とする台湾の作家〕だ。

蕭道應とは？

一九三六年、台北帝国大学に医学部が置かれて、客家（ハッカ）の青年蕭道應は、その一回生となり、四年後には一番の成績で卒業している。時代は日本統治下であり、日本人は〝内地人〟と自称し、台湾の人々を〝本島人〟と呼んだ。しかし蕭道應と白線寮に住む仲間たちは、自身を中国人、華僑として、日本人とは見なさなかった。彼らは日本人を日本人と呼び、内地人とは呼んでいない。日本人と話をしていて日本人を表現する場合には、〝あなたたち〟、台湾の人々に言及するときは〝私たち〟を用いた。このように少しのブレも許さない、怖れることのない真剣なこだわり、それは「島民皇民化運動」による中国語の使用禁止に抵抗して、自分たちの存在を失わないため、忘れないため、にである。盧溝橋（ろこうきょう）事件の勃発により、台湾も戦時体制に入ったが、蕭道應と仲間たちは当然のごとく医療隊を結成して中国へ向かい、抗日戦に身を投じていく。

私は一度だけ蕭道應氏に会ったことがある。一九九四年の秋も深まる頃、『好男好女』の撮影前、蕭氏の嘉興街の自宅でのことだ。八十歳の誕生日を迎えたばかりの蕭氏は、誕生日の当日に、四十年乗ってきたバイクのスプリングを無事に交換したと満足そうだった。抗日戦の日々、消毒のために過マンガン酸カリウムをテストしたときの話になり、洗面器いっぱいの紫色の水を流し捨てたことを、勿体なかったとぼやくことしきりだった。

この過マンガン酸カリウムにはこんな背景がある。蕭氏夫妻は中国に六年滞在したが、日本が降伏して各地にいた日本籍の台湾兵たちが広州の軍営に移動してきた。彼らが台湾へ戻る船を待つのに半年、その数は多いときで五千人となった。蕭氏は思想方面の指導主任と医師を兼任したが、軍営でコレラが発生し、最初は感染者が二人出て、うち一人が死亡した。蕭氏は過マンガン酸カリウムで二人目の患者を消毒し、手術を施すが、手袋もないため素手で行なったという。結果、その患者も亡くなった。

「故郷への思いや、情緒不安定もあり、この死亡を口実に暴動を起こそうとする兵士たちがいました。仲間の張旺がその情報を知り、制止しましたが、私はすぐに現場へ出かけた。そして彼らに言ったのです。私を弱いものいじめをする人間だと思うなよ、考えてもみろ、消毒をした私の手と、病気で膿んだ患者の尻、どちらが清潔なのか。私が死を恐れず、膿みから感染する危険を冒したのに、お前たちは私の手が不衛生だったと私のせいにするのか、とね」と蕭氏は語った。

騒ぎをおさめてから、蕭氏はすぐに決まりを定めた。川で採ったしじみを食べてはいけない。地下水を飲んではいけない。ハエからの感染を根絶するために、十人ごとに蚊帳を一つ用意する。

食べ物や食器はみな、蚊帳の中に収納する。すべての人が蚊帳の中で食事をする。その後、感染の第二波で二人の感染者、三波でまた二人の感染者が出た。蕭氏は患者に塩水の注射を打った。その後、感染が収束したという。

「五千人の軍営で、コレラの伝染をくい止めることは困難です。しかし私はそれをやり遂げた。死者はわずか二人ですから。おそらくこの件が、自分の最も大きな功労だったと言える出来事でしょう」

八十歳になる蕭氏だが、動作はキビキビしている。彼の手足は私にメイド・イン・ジャーマニー、ドイツ製を連想させる。百年使っても壊れることがない。そして私は蕭氏よりも九年早く台湾総督府医学校（台湾大学医学部の前身）を卒業した医師の外祖父を思い出す。やはり四十年間同じバイク（ホンダ１５０ＣＣ）に乗り、八十歳になっても診療に出かけていた。（オートバイ、医者、チェ・ゲバラ？　そうだ、今まさに劇場で上映されている映画『モーターサイクル・ダイアリーズ』だ。）

外祖父を怖がり避けてきた年齢を過ぎた頃、それは私が文章を書くことに興味を持ち始めた時期だったが、外祖父はバイクに私を乗せて、縦貫線（じゅうかん）の台中線（山線）で一番標高の高い勝興（ションシン）駅へ行った。外祖父は客家語と中国語（実際には、私は客家語でもすべて聞き取れるし、話せるのだけれども）で話してくれた。

外祖父が三十九歳のときに、難産の妊婦がいる魚藤坪（ユートンピン）に駆けつけることになった。彼は貨物列車に乗り、本来であれば勝興駅で降りるべきところを、一刻も争う状況だったので駅長と相談の上で、汽車が魚藤坪を通りかかるときに速度を落としてもらい、汽車を飛び降りて妊婦の家へと急ぎ、母子の命を救った。外祖父は私を乗せたまま橋を渡り、台中との県境の大橋頭（ダーチャオトウ）でバイクを折り返し、遠方の赤茶けた土がむき出しの山を指差して、火炎山だと言った。

蕭氏は私の外祖父とはまったく異なる道を歩んだ。魚藤坪で蕭氏は逮捕されて、台湾における地下党〔秘密裏に活動する共産党員の組織〕は瓦解していく。『当紅星在七股山林区沈落（赤い星が七股山林区に落ちるとき）』――陳映真（チェン・インチェン）のルポルタージュにその様子が描かれている。

蕭氏は八十七歳で逝去。台湾医学会連盟基金会の編纂（へんさん）する書籍『二十二名の台湾医学界の人物たち』では、法医学の先駆者として紹介されている。一九五八年から三十年の間、彼は五千件あまりの死因究明を手がけていた。そして法医学鑑識課を創立し、所属は第六科学技術センターだったが、厳格でかつ神秘的に思われる調査局内で、唯一対外的に見学を許した部署だった。

昔むかし浦島太郎がいました——冬冬（トントン）のおじいちゃんの家

『冬冬の夏休み』の主なロケーションは、開業医をしている冬冬のおじいちゃん宅、つまり私の外祖父（おじいちゃん）の家「重光（しげみつ）診療所」だった。一九四九年に建てられたこの建物は、主な建材が肖楠木（しょうなんぼく）とベニヒノキで、外祖父が自分で設計した庭は、一木一草すべてが手植えだった。

そのヒノキの床板、階段、壁板を、月に一度みんなで磨いた。早朝四時、家中すべての部屋にパッパッと明かりを点（つ）けてゆき、外祖父が先頭に立って、家族総出でオカラを詰めた布袋で拭き始め、老街（ラオジエ）の豆腐屋から運んできたバケツ一杯のオカラがなくなるまで磨き続けた。私たち子供はいつも床をスケート場に見立てたり、雪橇（ぞり）遊びをするのが好きで、楽しくていつまでもやり続け、階下で診察をしている外祖父がドンドン飛びはねる音に耐えかね、二階にやってきて叱るまでやめなかった。だが、トントントンと階段を上る足音を誰かが聞きつけるや、子供たちはクモの子を散らしたようにサッと姿を消すのだった。

このスチール写真の奥に映る二階の畳敷きの部屋は、右側に三番目の叔父さん一家が、多いときには六人で住んでいて、左側が一番上の叔父さん一家の三人家族用だった。この叔父さんは台

『冬冬の夏休み』より

北の遠東電器〔台湾遠東電器工業〕に勤めていて、土曜日の夜に帰ってくるのだが、いつも夜十時五分に銅鑼(トンルオ)駅に着く普通快速に乗ってきた。子供の頃は二十四時間ずっと寝ないでもとにかく遊んでいたかったのだが、空のかなたで汽笛が鳴り汽車の車輪の音が近づいてきて、遠くの闇に長く連なる車両の明かりが見え隠れし、ユーカリ並木のほの暗い梢(こずえ)を過ぎて汽車が駅に入ってくると、ああ、悪魔が帰ってきたぞ、早くしろ、片づけろ、急いで隠れろ、という具合に、瞬く間に子供たちは全員姿をくらましてしまうのだった。

　叔父さんが帰ってきた夜は、私たちは階下の春蘭(チュンラン)おばさんの部屋で寝る。蚊帳の外、夏場は窓を閉めないので、手を伸ばせば釈迦頭(しゃかとう)の果樹の生い茂った葉に届きそうなほどで、木の下にはブランコがあった。庭の塀ぎわには薪(たきぎ)置き場と鳥小屋。小さなピンク色の花をびっしりと木をおおうようにつけたスターフルーツの木と、龍眼(りゅうがん)の木が植わっていた。野生のマンゴーも一本あって、木の下にはクロという名の黒い犬がいた。柿の木、石榴(ざくろ)もある。生垣に植わる沈丁花(じんちょうげ)の灌木(かんぼく)に咲く星形の雪のように白い花は、しばらくすると実を結んで緑色になり、徐々にだいだい色から赤に変わっていく。生垣の内側には、コンクリートで蓋をされた浄化槽。一晩中、夢の中で、その樹木の海の騒がしい音を聴くのは怖くもあったが、そこで妖精や動物たちが眠気も知らずに空が白むまで遊んでいられるのを羨ましくも思っていた。ブランコがキィキィと音を鳴らしたかと思うと、突然ゆらーんと大きく振れて、樹木の海からシューと飛び出し月に飛んでいくのだ！

夜は叔父さんの目をくらますことができたが、昼間は逃げられなかった。私たちは朝早くから叔父さんに起こされて前庭の檳榔樹(びんろうじゅ)の下に集められ、背の順に整列した。気をつけ、休め、右向け左向け、進め、それから体操をひと通り終え、後ろ向けの号令で解散、そして草むしり。私たちは絨毯(じゅうたん)みたいに分厚い韓国草と呼ばれる芝生の庭にしゃがみ、芝とは異なる雑草を見分けて引っこ抜く。それが終わると集合し、整列する。叔父さんは勲章を授けるように、一人ひとりに五毛銭を配るのだが、〝石頭ちゃん〟こと妹の天心(ティエンシン)の番になると、ぷっくり丸いリンゴのようなほっぺがあまりにもかわいいので、ちょっとつねってみるのだった。

これが一番上の叔父さんだ。

冬休みや夏休みには、いつもこの叔父さんが私たちを迎えに来てくれて、汽車に乗って外祖父の家に行った。南北に走る鉄道の急行や各停の時刻や乗り換えの駅、それにいつ頃どんな状況で車掌が検札に来るか叔父さんは熟知していて、突然私たちに声をかけて付いてこさせ、山線から海線に乗り換え、また山線に乗り換えたり〔竹南～彰化間で海岸線を行く海線と山側を行く山線の二ルートに分かれている〕、このホームからあのホームに走るということもあった。あるいは急に、私の分の切符を私に持たせて（妹二人は幼いので子供料金の切符も必要なかった）、何もしゃべってはいけない、もし車掌に聞かれたら大人はトイレに行ったと答えなさいと私たちに言い含めた。そんなふうに去っていって、何駅も通過する間ずっと姿を見せず、私たちが半べそをかく頃になってやっとどこからか、突如として現れた。叔父さんはすまなそうに笑顔をつくりつつも、腹立たし気に「叔父さんがどうして鉄道局にお金を払わなきゃいけない？　あの人たちはね、ものすごく悪い人たちなんだよ」と言うのだった。

一番上の叔父さんはそんな人だった。毎週、南北線を往復するときのキセル行為は、叔父さんが長きにわたってこの社会に反逆してきた数えきれないささやかなゲリラ戦の一つにすぎなかったのだろう。

そう、それは『昔むかし浦島太郎がいました』〔一九九〇年に発表された朱天心の短編小説。『好男好女』は当初この作品を原作とする予定だった〕の物語である。日本のおとぎ話、天心はそれを小説のタイトルとし、政治犯が出獄して社会に適応しようとする際の、不条理な境遇を描いた。

しかし、一番上の叔父さんは、本当に政治犯だったのだろうか？　新竹高校で学んでいたとき、バレーボールの部活仲間の読書会に参加しただけなのに緑島(リュータオ)〔日本統治時代に監獄があり、戒厳令が解除される一九八七年以前に政治犯などが送られた離島〕で半年暮らし、肋膜炎のため仮出所して入院したが、その後また中和(チョンホー)にある「生産教育実験所」〔白色テロ時代の思想犯収容所〕に三年いた。

叔父さんはグレゴリー・ペックをほっそりさせたような感じだった。ギターをつま弾く写真はジェームズ・ディーンに似ていて、とてもカッコいい。

ふたたび外祖父(おじいちゃん)の家へ

写真の二人は陳坤厚(チェン・クンホウ)と侯孝賢、もう昔語りということになる。一九七八年から八一年まで、三年の間に二人は名コンビとして六本の映画（三年で六本も！）を製作しているが、すべて侯孝賢が脚本、陳坤厚が撮影で、交互に監督をしていた。いずれの作品も売れる商業映画、お正月映画で、人気歌手を主役に起用しているため新曲が最初から最後まで挿入されている。作品名を挙げたほうがいいだろうか。――『我踏浪而来（波に乗ってやって来た）』、『天涼好個秋（涼しい秋）』、『風が踊る』、『蹦蹦一串心（ドキドキときめく胸）』、『ステキな彼女』、『恋は飛飛(フェイフェイ)』――当時、大学を卒業して文芸雑誌『三三集刊』を主宰していた私たちは、国産映画など全然見向きもしなかった。

写真の背景は、私の外祖父宅の二階にある、一番上の叔父さんの部屋。冬休みや夏休みに外祖父の家に行ったときは、よくこの部屋で寝泊まりしていた。夏場は窓をずっと開けっぱなしにしていて、窓の格子によじ登れば、すぐ目の前に檳榔樹(びんろうじゅ)が見えた。いくつもの房が連なった檳榔の花はまるで黒人のドレッドヘアのようで、スズメがその上に巣を造っていた。そう、窓格子のぺンキの色は、ロビンズエッグ・ブルー、ティファニー・ブルーともいうことをのちに知った。檳榔、クスノキ、ユーカリの並木が重なるように高く茂ったその向こうには鉄道が走り、はてしなく広がる稲田が河原まで続いている。失われた牧歌的な田園風景は、幸いにも一部は『冬冬の夏休み』の中に残されている。

この十年あまり、数えるほどしか外祖父の家に帰っていないが、そのうち二回は葬儀だった。去年（二〇〇四年）の二月、外祖父が九十七歳で亡くなった際に帰ったが、その前は一九九七年にオリヴィエ・アサイヤス監督〔フランスの映画監督、『カイエ・デュ・シネマ』の批評執筆からキャリアをスタートして映像作家になり、アジア映画にも造詣が深い。マギー・チャンの前夫〕が台湾に来て、ドキュメンタリー『HHH：侯孝賢』を撮ったとき、私が外祖父の家に案内したのだから、七年も間が空いていたのだろうか？　信じられない気がする。去年の八月、外祖父の家は審査に通り、苗栗（ミャオリー）県の歴史建築に登録された。

私が外祖父の家にあまり行かなかったのは、帰るのが怖い、帰りたくなかったからでもある。『紅楼夢』を読むのと同じで、あたかもあの草木が豊かに生い茂り、栄華を極めた第八十回までの〝大観園〟〔『紅楼夢』の主人公たちが住む貴族の大邸宅〕の日々を生きてきたのと同じで、何度再読しようとも、私はその永遠の八十回までしか読みたくないのだ。

ふたたび外祖父の家に帰ったのは、去年の十一月末の立法委員選挙のときだった。私たちは候補者の藍博洲（ラン・ボーチョウ）を銅鑼（トンルオ）鎮の人々に紹介したいと思って、長く外祖父の診療所にいた阿宏（アホン）おじさん（永遠の薬剤師）と春蘭（チュンラン）おばさん（永遠の料理人）に連絡を取り、四卓の宴席を設けてもらった。

そして藍博洲の最も有名な著作『幌馬車の歌』〔台湾知識人が遭遇した白色テロを追及したドキュメント〕を選んで贈り物にした。藍は「民主学校」を自任して生徒を集め、ボランティア・スタッフは民主学校という真っ赤な文字が印刷された明るい黄色のリュックを背負い、昼食が済むと、通りを行進しビラの配布を始めた。

練り歩いたのは外祖父の葬儀のときに隊列が歩いたのと同じ通りで、鉄道の駅前の省道が走る大通りから市場のある老街まで続いていた。私の母が先頭に立った。B型で獅子座の母はすぐさま選挙活動のスーパー運動員になった。一軒一軒、少しも怖気づくことなくニッコリと笑みを浮かべて家々を訪問し、「私は劉肇芳〔外祖父の名〕の娘です」と言った。年配の人なら、その言葉を聞いただけで笑顔を見せるが、そうでないときにはもうひと言、説明を加える。「駅のそばの重光診療所の医者の……。それから、こちらは国際的な大監督さん、こっちは私の娘で、劉医師の外孫に当たります」と紹介をして、「みな台北からわざわざ駆けつけて、私たちの友人の藍博洲を推薦しに来たんです。今度は若い人に議員をやってもらいましょうよ……」その瞬間、ヒゲ面に中国式のシャツで黄色いリュックを背負った藍博洲が前に出てくる。そして侯孝賢が客家語で藍のことを更に補足して推薦する。「彼は学識のある人で、作家なんですよ」

外では、范振国〔労働運動の活動家、独立系新聞の記者〕の運転する宣伝カー〝移動書店〟が静かにアナウンスをしながら走っていき、ボランティア・スタッフたちが通りでビラを配っている。それは、およそデモ行進には見えない人たちで、托鉢僧の一隊、あるいは自分たちも一緒になって楽しんでいる小さな楽団の音楽会というところか。

そう、こうして私はふたたび外祖父の家に帰ったのだった。

家を去る頃、秋は深まり日暮れが急に早くなっていた。阿梅（アメイ）は門のところで庭を掃いている。阿梅の名は阮氏梅（ルアン・シーメイ）という。歳をとり病気がちになった外祖父を介護するようになって一年も経っていなかった。彼女がベトナムを離れ、はじめて台湾に来たその日は、空港から直接外祖父の家に着いたのだが、飛行機に酔って青い顔をして、緊張のあまり飲まず食わずで干物のようになっていたらしい。だが今は彼女もかなりふっくらしてきて、血色も良くなっている。節電上手で、早くから部屋の灯りを消してしまうので、彼女の背後で家全体が真っ暗になり、ただ遠くで台所にだけ、ほの暗い柔らかな光がともっている。三匹いる茶トラの猫の兄弟も阿梅はよく面倒を見ている。そのうちの二匹が彼女の足にまとわりついて出てきて、車に乗り込む私をこっそりと覗（のぞ）いていた。

次に来るのは、いつのことだろう？　もう涙で目の前が曇ってしまう。

音狂い——杜篤之(ドゥ・ドゥージ)の同時録音への道

海外の映画祭で観客が質問した。「Tu Duu-chihは中国語で録音技師という意味ですか？ 私は香港や台湾の優れた映画をほとんど観ていますが、録音のクレジットにはいつもこのスペルがあります」

録音技師の杜篤之(ドゥ・ドゥージ) Tu Duu-chih〔＊巻末参照〕。後輩は杜兄さんと呼び、侯孝賢は〝音狂い〟と名づけて「夜中にこれはと思う音を聞きつけると、レコーダーを持って録音しに行く音狂い」なのだと言う。

杜のお陰で、私は〝空音(くうおん)〟の存在を知った。私はそれを〝無音〟だと思っていたのだが、杜は〝空音〟——空間の音なのだという。たとえば『悲情城市』で、撮影後に補足の録音をした部分。牢(ろう)にいる青年たちが歌う『幌馬車(ほろばしゃ)の唄』〔昭和7年にリリースされた日本の歌。戦後の台湾で歌い継がれ、白色テロに倒れた鐘浩東が処刑場へ赴く際に獄中の友が歌ったことで知られる〕は、空音を必要として、録音スタジオではなく、金瓜石(ジングワシー)の鉱山区にある今は廃墟(はいきょ)と化した福利社〔台湾では学校や職場で日常品を提供する小型商店がある〕で歌を録(と)った。録音に参加したのは四人。侯孝賢、唐諾(タン・ヌオ)、朱天心(チュー・ティエンシン)、そして唯一日本語を話せる私の母親で、日本語の歌詞には注音符号〔台湾における中国語の発音記号〕をふって歌い、録音を終えた。

一九七三年、杜が十八歳で中央電影公司へ入社した頃、たとえば林の中を散歩するシーンなどは、レコーダーを床に置いて丸めた新聞紙を踏みつけて、落ち葉を踏む音を作ったりした。杜曰(いわ)く、鳥の声、ドアを閉める音は毎回同じ音を使用するから、聴くだけでこの鳥の音はどこどこの効果音テープのものとわかったそうだ。それから八年ののち、杜は『一九〇五年的冬天』〔一九八一年製作。余為政監督、エドワード・ヤン脚本〕でサウンドデザインを担当。このとき初めて彼は山へ行って集めた麻袋二つ分の枯葉を録音スタジオに敷き詰めて人に歩いてもらったが、実に良い音だったと言う。

一九八三年、録音技師に昇格した杜はリストを作成して音を集め始める。バイクに乗っての音探しだ。台北市のそれぞれの通りの異なる時間の音、自強(ツーチャン)トンネルで車が走る音、稲の収穫の音、ハエが牛の糞(ふん)にたかっている音。夜明けに鳴く鳥のさえずりのために、彼は外双渓(ワイシュワンシー)の山へ行き、夜から二時間ごとに五分から十分の録音を行ない、夜中の十二時には虫の声だけになった。深夜二時もやはり虫の音だが、十二時のそれとは異なる。早朝の四時、チチチと鳥がさえずる。そして五時、六時、七時とそれぞれの音。杜が言うに、鳥が目覚めたときの声と、ドラム缶で作る効果音では異なるのだ。

杜の音資料には何でもある。地下鉄の環境音も、東京、パリ、上海、台北ではまったく違ってくる。どこにいたとしても彼と彼が訓練した弟子たちは、すでに本能的な反応で、その場所の環境音を録るのだ。こうした音たちはお金では買えない希少な存在なのだと、杜は誇らしげだ。「エドワード・ヤンがアンドレイ・タルコフスキー〔ソビエト連邦出身の映画監督。代表作に『惑星ソラリス』など。一九八六年没〕の映画を観せてくれた。

彼の作品は同時録音ではないが、音合わせの技術は素晴らしかった。当時密かに僕はタルコフスキーの映画を目標としていた」と杜は言う。

それでエドワード・ヤンの『海辺の一日』では杜の効果音のリアル度、豊かさは、呼吸から水を飲みこむ音まで表現されていたのだ。撮影後につけた音なのか現場で撮った音なのか？　ツイ・ハーク〔香港のスピルバーグとの異名をとる映画監督・プロデューサー〕が香港で作品を観終えてから、「台湾の同時録音の技術は大したものだね」と語り、イギリスの監督が台湾の同時録音の素晴らしさに感嘆したとき、エドワード・ヤンは笑いながら、「これは撮影後の音作業で、彼が行ないました」と杜を紹介している。

同時録音についてだが、台湾ではあまりにも昔、まるで神代のごとく感じるのだが、UCLAで映画を学んで帰国した陳耀圻（チェン・ヤオチー）〔主に一九七〇年代から八〇年代に活躍した映画監督。『ジュディのラッキー・ジャケット』など〕が一九六七年に同時録音で製作した記録映画『劉必稼的故事（劉必稼の物語）』があり、田んぼの泥から足を抜く音が杜を刺激してしまった。彼は取り憑かれた状態となり、果ては自分もいつか同時録音ができたらという夢へと駆り立てられた。

一九八九年の『悲情城市』が、劇映画として台湾における初めての同時録音となった。

ケータリング車——侯孝賢監督の贈り物

一九九一年、エドワード・ヤンの『牯嶺街（クーリンチェ）少年殺人事件』クランクインは午後の一時だったが、同日の午前十時に最新の同時録音機材が国外から届いた。杜（ドゥ）は組み立てを終えて飛ぶような勢いで撮影現場へ運んだ。名づけて〝ケータリング車〟である。

それ以前、台湾には長い間、音をたてない撮影カメラさえなかった。だから俳優はカメラのガラガラと回り出す音を合図に演技をするのが習慣になっていた。一九八六年『恋恋風塵』では李天禄（リー・ティエンルー）を撮影する際、現場録音をするため、アリフレックス3のカメラを黒い布で包み、掛け布団をかぶせて、カメラマンは布団の中で丸まりながら撮影をした。それでもカメラは音をたてる。炭鉱夫からさらに布団を借りたが、それでもだめ。もう一枚借りた。こうして三枚の掛け布団に覆われたカメラが李天禄のモノローグ三分を撮ったのだ。

二年後の『悲情城市』で、杜は「侯監督から、外国の資金があるから、全部同時録音でいけると聞かされて、クランクインの前夜、興奮して眠れなかった。そこで決心した。かつてコマーシャル撮影で学んだ現場録音の経験を生かして、カットごとの質感を出そうと」

使用された撮影カメラはBL4、無音声で同時録音を考慮した機材だ。録音機材は、レコーダー一台とマイク二本である。

一年後、『悲情城市』はヴェネチア国際映画祭で金獅子賞を受賞し、興行成績も良かった。「侯監督が小切手をくれて言うんだ、返さなくていい、あげるよ。このお金で仕事をして技術者を訓練してくれ、そしてお金のない映画製作者を助けるんだ。いつか映画の学校を開いて、人材育成に投資しよう、とね」

これが〝ケータリング車〟の来し方（こ）である。

十年後、第五十四回カンヌ国際映画祭で杜は「高等技術賞」を受賞した。

二〇〇四年、台湾は〝選挙の年〟〔中華民国総統選挙〕で、その三月十二日植樹記念日に、「今宵、侯孝賢が族盟を撮る」という活動があった。〝族盟〟とは族群平等行動聯盟〔台湾では文化や言語背景の違いによるエスニック的な分類呼称があるが、それを政治に利用しない呼びかけを行なった活動団体〕のことである。リハーサルもなく、長方形のテーブルを囲む十数人、そこで南方朔（ナンファンスオ）〔評論家、ジャーナリスト〕が話を始めた。カメラも静かに回り始めている。こうして三時間、遮られることなく撮影が続いた。杜が録音だ。マイクの竿（さお）を横にして手を変えることもなく、腕を上げたままの三時間である。私が思わず感嘆すると、杜は私を見ながら、問題ないよ、大丈夫だと笑う。（竿状の長いマイクを〝釣りブーム〟と呼んでいる。〝boom〟だ。あるとき、ポストプロダクション作業でオーストラリアへ行った。入国審査で杜の助手がboom manと記入したのが災いして、二時間も留め置かれたそうだ。〝爆弾男〟（bomb man）と思われたらしい。）

この夏、杜は内湖に百坪ある録音スタジオを設立した。四千万台湾元のローンを組み、家屋を三つ抵当に入れている。彼だけの個人資本だ。台湾国産映画の低迷のため、利益なしの値段か、若手の場合はタダで仕事を引き受ける。だからパートナーがいない方が理念の違いで揉め事が起こらずに済むのだ。杜は写真に映る〝ケータリング車〟を指してこう言った。「これが当時、侯監督からもらった録音機材だよ。あの頃ならゆうに家が一軒買える額だった。今の録音スタジオの新しい設備だって、この〝ケータリング車〟が出発点だから、はかりしれない影響力だ。〝ケータリング車〟は他者から与えられたもの。だから今後、目の前にある設備は僕の助手たちに残す。そうしない理由がないからね」

杜は富めるところから収入を得て、貧しき者を救う。香港映画で生計を立てながら「他者から与えられたものを、今、他者へと返すんだ」と。

どうだろう？　この話は〝物語〟ではないだろうか？

無音の所在（ありか）――桜の散る音

林強（リン・チアン）〔歌手、俳優、作曲家。＊巻末参照〕と侯孝賢が初めてデュエットした曲が「無声的所在（無音の所在）」である。

これは徐小明（シュー・シャオミン）監督の『天幻城市』のサウンドトラックの曲だが、なかなか凄（すさ）まじい。Baboo〔台湾の九〇年代の人気ロックバンド〕、大陸の嗩吶（スオナー）〔チャルメラ〕の第一人者劉元（リウ・ユエン）が参加している。彼は崔健（ツイ・ジエン）〔中国ロック界のパイオニア的歌手〕の「一無所有（何もない）」でサクソフォーンを吹いていた。

特筆すべきは新星、呉俊霖（ウー・ジュンリン）だ。彼はエリック・クラプトンに憧れ、ブルースを愛し、自分たちのブルースを創ってきた。「無声的所在」を作曲したこの人物、それはむろん、誰もが知る伍百（ウー・バイ）〔キング・オブ・ライブの異名をとる台湾ロック界の大御所。呉俊霖は本名〕である。彼は「無声的所在」のレコードをリリースし、映画の録音は杜篤之（ドゥ・ドゥージ）だった。

『天幻城市』は杜にとって初めての、ドルビーステレオサウンドだ。銃撃シーンも少なくない。香港の銃撃専門の会社から二人が銃と共に来台し、毎日撮影を終えては銃を派出所に預けて、明くる日取りに行っては撮影を続けた。「現場で撮った銃声には、音量が限界を超えたものや、前半だけ使用できる音、空間を感じさせる反響音などもある。最後にこうした音をまとめて、チョ

イスし、エフェクトを加えてさらにまとめていく。僕はあの銃声たちが懐かしい。買ってきた音（音声テープ）と比べれば洗練されていないけれど、パワーがあるから」と杜は言う。

録音機一台と二本のマイクで同時録音を行なった『悲情城市』について、杜が振り返る。「考えつく方法はすべて試し、困難を克服する日々だった。たとえば山での撮影では周囲が棚田だったから、放水するとあちこちで小さな滝ができる。水の音を避けるため、抜いたススキをZの字に巻いて流水口に置くんだ。すると水はススキに沿って流れて音をたてない」

ポストプロダクション作業は東京のアオイスタジオで行なうことになり、国外での仕事はこのときが初めてだった。それまで杜はアメリカ国籍の王正方（ワン・チェンファン）監督〔ピーター・ワン。北京で生まれ、台湾で育ち、アメリカに渡った映画監督。『ファースト・デート 夏草の少女』など〕の編集技師から、アメリカスタイルの同時録音編集を学んだことがあるだけだった。彼は台湾で原始的な方法で音編集を済ませて、ダビングのためのキューシートを作成し、東京ではファイナルミキシング（ダビング）だけを行なった。一般的にひと月かかる作業を杜は五、六日で終わらせたため、日本の録音技師が驚いたという。

原始的な方法と言えば、一九九八年、杜はクリストファー・ドイル監督〔ウォン・カーウァイ作品のカメラマンとして知られるニュージーランド出身の映画人〕の『孔雀』でサウンドデザインを引き受けて、ハリウッドに打ち合わせに出かけたが、居並ぶ人々が杜にやたらと丁重で、その理由をのちに「きみは誰もができないことをやり遂げたんだよ」というプロデューサーの言葉で知ったという。杜は出発前台湾で、昼夜を分かたず作業に勤しんだ。平均睡眠時間は二時間、毎日、三本の音声と映像を合わせた。そのフィルムを持ってロサンゼルスへ。編集室のハリウッドのスタッフたちはフィルムを見ながら拍手をしたという。自ら撮影も務めたドイルは、撮影が進むにつれてカメラの撮影速度を変えている。その変化は速くて多い。おかげで同時録音の音声がなかなか映像と合わない。ハリウッドでは一週間かけて一本分も進まない状況の中、杜は一日三本分、NG部分にもみな音をつけていたのだ。

いかがだろう、なんだかカンフー映画の達人の勝負みたいではないだろうか？

『孔雀』の現場録音技師は、杜さんみたいに現場録音から仕上げまで一貫して作業できるのが羨ましいと言う。ハリウッドでは分業なため、録音技師はポスプロ作業の結果に不満が残るのだ。一方、ポスプロサイドとしては欲しい音声を現場でちゃんと撮ってないじゃないか、と不満も言いたくなる。つまりはインテグリティ、すなわち統合性が手工業の醍醐味なのだ。ハリウッドに進出して仕事を広げたらと問われた杜は、「仕事のやり方が僕にとって満足できないかもしれない」と答えている。

最近は海外から台湾へダビング作業にやってくる。ジャッキー・チェンからウォン・カーウァイまで、彼らは杜の作業を必要とするのだ。

ここ十数年来、日本へ、オーストラリアへ、タイへとダビングとオプチカル音声ネガの現像に到る旅は、ついに思い出となった。日本の調布にある東京現像所の宿舎は二段ベッドだった。食券を手に食堂に並べば、おいしすぎる日本の白いご飯ときゅうりの漬物があった。こうして異国でゼロ号プリントの仕上がりを待つのが日常だった日々は、とうとう過去のものとなったのだ。

私は覚えている。調布の植物園で、桜の花びらが吹雪のように、人気（ひとけ）のない雨上がりに散っていくとき、私たちは音のない世界に座り、杜は大きな耳たぶのようなヘッドフォンをつけて録音をしていた。もしや、花びらの散る音は雪を思わせる音だったのだろうか？

（続けて三回、杜について書いた。張静蓓（チャン・ジンベイ）〔映画評論家・作家〕のインタビュー『芸術家素描』から部分引用させてもらった。ここに謝意を記したい）

『百年恋歌』より

最良の時――『百年恋歌』の時代

――人生の中で、いつまでも残る数々の大切な思い出は、名付けようもなく、分類のしようもなく、また特に重要な意義があるわけではない。だが、それらはいつも僕の心にまとわりついて消えない。たとえば、若い頃、僕はさお竹を振り回すのが好きだったし、ビリヤード場にはいつも「煙が目にしみる」の曲が流れていた。今や僕はもう六十歳になるのだが、そういう思い出をずいぶん長いこと置きっぱなしにしたまま借りをつくっていて、その借りはどうしても返す必要がある。そして、ただ映画に撮るしかないのだ。

僕はそれを、『最好的時光（最良の時）』と名付けよう。

これは侯孝賢の言葉で、唐諾（タン・ヌオ）の文章「最良の時」を映画のタイトル（『百年恋歌』のこと）に使った。それは、二〇〇一年に初めて侯孝賢作品のDVDが発売されたときに、彼が書いた解説で、DVDに収録された四本の映画（『風櫃の少年』『冬冬の夏休み』『童年往事 時の流れ』『恋恋風塵』）を称して〝最良の時〟と言ったのだ。

唐諾は次のように定義している。「いわゆる最良の時とは、二度と戻ることのない幸福感のことだ。その時が比べようもなくすばらしかったのでひたすら懐かしむというのではなく、むしろ逆に、その時が永遠に失われたので、懐かしむことでしか呼び戻せない、だからこそ、それは比べようもなくすばらしいものとなるのだ」

最良の時を、ミラン・クンデラ〔フランスの作家〕はこう語っている。「人間は無限大の土地の上で、一種の、幸福で何もすることのない冒険旅行をしている」

そう、次から次へと境界を越えて冒険旅行をしている。

唐諾は言う。「侯孝賢の旅は、持続する境界線からの眺望と絶え間なく続く越境の冒険からつくられた限りない感受性……そういう二度と戻れない旅路だった」

「初めて家を出て学校に通った。初めて自分が慣れ親しんだ路地や遊んだ場所を離れ、誰も知る人のいない、まったく別の（敵対する）学校の生徒たちが住み活動する勢力範囲に属する見知らぬ土地に足を踏み入れた。初めての盗みをした。たとえそれが父親のズボンのポケットにあった小銭であろうと、隣の家で育てているマンゴーやレンブ〔台湾ほか亜熱帯から熱帯にかけて栽培されている果物。ワックスアップル〕であろうと。初めて授業をさぼり、先生が家庭訪問にやって来た。初めてのタバコとケンカ。初めて手に入れたラジオ、最初のレコードと、のちに近所のどこかの家が買った大同（タートン）のテレビ。初めてほかの学校の教室の椅子に座って受験に臨んだ。初めて父か母かどちらかが家を出ていったか手術をして入院した。初めて葬式を経験した。卒業して故郷を離れ、台北に仕事を探しに行く初めての汽車……」

侯孝賢の四本の映画は、「自分の成長を振り返っただけでなく、同時に台湾の幼年時代、青春の思い惑う歳月を記録している」。この言葉に具体的な映像を当てるとして、唐諾が選んだのは、『童年往事 時の流れ』の中の、幼い頃の主人公阿哈（アハ）が記憶を失った祖母に付いて炎天下の午後、大陸に帰る道を行くというシーンだ。「侯孝賢と台湾の姿をこの目で見たような気がした。背の高い人と低い人、老女と子供が一緒に歩く感動的な後ろ姿を」

最良の時は、どこへ行ったのだろうか。

創作者には誰しも自分の最良の時があるだろう。唐諾は言う。侯孝賢が特別なのは、台湾の、あと戻りすることのできない一方通行のような最良の時をも、彼は同時に記憶したからだと。

夢の出会い

八十四歳の黒澤明監督と四十七歳の侯孝賢。

場所は東京世田谷の東宝撮影所にほど近い黒澤監督の自宅。雑誌社のアレンジで二人の対談が行なわれた。小さな客間は撮影のため、壁いっぱい布で覆われた。午後二時に到着してから七時においとまするまで、五時間話し続けたことになる。内容はすべてが映画撮影の経験談で、抽象的な理屈ではなく、互いが具体的な細々とした撮影の秘訣などを語り、映画界の〝天皇〟と呼ばれる黒澤明は、子供のように楽しそうだった。

その十一年後、二〇〇五年東京国際映画祭で「第二回黒澤明賞」を侯孝賢が受賞することになり、しかもなんという実利的なことだろうか、十万米ドルの賞金を授与された。前回の受賞者はスティーヴン・スピルバーグと山田洋次の両氏が授賞したが、今回は侯孝賢一人での授賞だ。黒澤明が逝去してすでに七年が経っていた。

あの時、桜は三分咲きだった。午後から晩の訪れまで我々訪問者は抹茶と和菓子をいただき、少し遅れてトーストとボルシチを食した。そしてコーヒーと紅茶を。客間の入り口に敷かれた絨毯は、イランのアッバス・キアロスタミ監督から、「親しい友人たちに踏んでもらうといいですね」と贈られたものだ。

お別れのときに黒澤監督は玄関口まで我々を見送りながら、「東宝撮影スタジオへ行って、緑色の桜を見てきてください」としきりに言う。そして黒澤式ユーモアでこう続けた。「あの桜だけだよ、東宝で価値があるのは」

実は十日前の自身の誕生日に来客があり、名残を惜しんで客人を送ろうとしたとき、雨に濡れた地面で滑った。八十四歳、しかも一八三センチの身体だから堪らない、これは天地がひっくり返る大ごとである。それでも黒澤監督サイドからは、転んで唇が腫れて写真を撮るには不都合なので、先に侯監督が参加を予定していた高崎映画祭へ行っていただき、対談はそのあとにしませんか、という事前の知らせが入っただけだった。

果たして黒澤監督は侯孝賢に対してのっけから率直だった。「あなたの作品を四作拝見しました。大好きです。ただ、どれもビデオテープでした。ぜひ映画館で観たいものです。僕は『戯夢人生』が特に好きだなあ。四回見ましたが、とても自然だ。僕にはとても撮れないですね」

撮影所システムの話ではこうだ。

「あなたは映画会社からの制約をあまり受けてないように思えます。『悲情城市』の最後のカットだけど、みながご飯を食べ続けていますよね。僕らではあり得ないことです。僕たちは撮影所で育った監督ですから、創作上、無意識にスタジオの決まりごとの影響を受けている。人物はクリアに撮ること、手と脚だけを撮るな、とかね。その点では溝口健二はあなたに近いのではないだろうか。彼のキャメラもあまり動きませんから。そんな彼でも撮影所の影響は受けています。さすがに映像の中でひたすら俳優が食事を運ぶシーンを待ち続けるわけにはいかない。

僕にもあなたのような自由があれば良いのだが。あなたの作品はフレームの外の世界を想像させる。でも僕のカメラマンでさえそうはいかない、彼らも撮影所の習慣が捨てきれない。僕はこれがあなたの最もすごいところだと思います。なぜならあなたには完全な自由がある。フレーム外の世界も同様にリアルです」

対談の最後に、雑誌社として話の締めが必要だったのだろう、編集者が黒澤監督に「『戯夢人生』をご覧になって、李天禄(リー・ティエンルー)さんが人形を操るように、人間の運命もまた操られている、定まっているとお感じにはなりませんか？」と聞いた。

「違うよ！　あれは完全に映画です。シネマですよ」黒澤監督の語気はもはや叱咤(しった)に近かった。

「僕が感動したのは、どこから見ても、すべてが映画だということだ。僕が撮るものは、ときに映画ではない感じがする。でも、あなたのはとにかく映画なんだ。斬新な映画。良い映画を観ると本当にうれしいです。僕のスタッフたちにも観せようと思っています。そしてお酒を飲みながらこの映画について語りたい」

黒澤監督が七十九歳で撮った『夢』（八話のオムニバス形式）の二話に当たる『桃畑』のエピソードでは、三月三日のひな祭りの様子が描かれている。少年の黒澤明は、少女を見かけて目が釘付けとなり、その姿を追って家屋の背後に広がる畑へ行くと、そこには少女は見当たらず、等身大の六十体もの雛人形が華やかに並んでいる。夢のような桃畑の光景、囃子や笛の音が奏でるのは、天下泰平の世、桃の花が咲き乱れる光景なのだ……。

遥かな時空、夢での出会い。これが私の黒澤明監督に対する生涯忘れえぬ印象だ。

天気待ち

一九八三年、澎湖内垵（ポンフーネイアン）にて、『風櫃の少年』の撮影現場。

同年、黒澤フィルム・スタジオが横浜で立ち上げられ、『乱』の撮影準備が始まった。

七十四歳の黒澤明は、『乱』を撮ったときの、富士山の土の黒さが忘れられないと言う。想像するに、ある特殊な黒なのだろうから、私はそれを富士山の黒と呼ぶことにする。

『乱』における大軍は、旗や幟（のぼり）、甲冑（かっちゅう）に記される紋など様々な色をたずさえて、殺陣（たて）のシーンでは色の塊が、氷がひび割れて崩れていくかのごとく、嵩（かさ）を増した海水が陸地に拡がるかのごとく、そしてまたインド・オーストラリアプレートが崩れかけて赤道へと移動するかのごとくである。戦いの混乱の中で、それぞれの色の塊が、強烈な筆使いで構図を成していく。最後に黒衣の綾部（あやべ）軍が黒い潮（うしお）となって城へとなだれ込む。『乱』の視点は覗き見る眼差しで、天空から雲を突き抜けて大地へと届くような視点であり、黒澤明は観客からとても遠いところにいる。

ミラン・クンデラの最新作『カーテン　七部構成の小説論』の一節に、老年期のピカソやフェリーニのことが語られている。「老年という自由に触発されて、彼らが自己のスタイルを再度変え、

他人に印象付けられた自身の姿を捨てたとき、大衆は戸惑う。彼の変化を受け入れるべきかどうかと」クンデラの見解はこうだ。フェリーニが一九七三年に撮った最後の叙情的作品『フェリーニのアマルコルド』の後、彼の詩情は非抒情へ、彼のモダニズムは反モダニズムへ向かい、彼の人生最後の十五年間に撮られた映画七作は、我々の現実世界を最も容赦なく描いている作品群だと。

クンデラは言う。「この十数年、映画祭、メディア、大衆（プロデューサーさえも）はみな、彼の厳しい審美眼の基準に晒(さら)されて、彼の現代社会に対するある種の悲観的な態度に激怒し、離れていった。彼にはもはや危惧する状況などなくなり、〝責任を負う必要のない快楽〟を堪能し始めた。これが彼の人生においてかつて経験したことのない自由だったのだ」

七十六歳のクンデラは思うところを語っている。老年期のベートーベンについては、「音楽の変遷において、彼は誰も追随を許さない道を拓(ひら)いた。弟子もなく、付き従う者もなく、彼の思いのままなる自由な晩年は、奇跡であり、孤島でもあった」と。

同じく老年期に同様のことを語っていた人物として、私は自分の師である胡蘭成(フー・ランチョン)を思い出す。先生は、自分は学生も弟子も持たない、力のある人間は自ら世に出てくるものだというのが持論だった。彼は私たち三姉妹〔朱天文、朱天心、朱天衣〕に出会ったときに、酈食其(れき・いき)〔秦末漢初の論客。劉邦に仕えた〕を引き合いにしてこのような意味の字を書きつけた。

「始皇帝は三十代にして天下を統一し、項羽(こうう)は二十代にして覇王となった。劉邦(りゅうほう)は五十を超えて王となり、酈食其は齢七十であった。名を成すに遅きはない」

私には胡蘭成先生のパワーがどこから来るものかわからない。しかし私は晩年の黒澤明、そして彼の右腕と言われる野上照代にも会ったことがある。野上は『羅生門』以降の黒澤作品十九本すべてにスタッフとして参加している。黒澤明とは半世紀を共にしたが、彼と同世代の人々が一人一人亡くなっていく中で、野上は黒澤明時代の生き証人となった。髪はベートーベンのようなもじゃもじゃで（私は彼女を女史呼ばわりする気にはとてもなれない）、常に額のヘアバンドで髪をまとめている。野上は絵を善くして、文章は諧謔を帯び、いずれも素晴らしい。それが一冊の本になった。『天気待ち』である。

そう、映画人ならよくわかる。いつも待っているのだ。天気を待ち、日差しを、状況を待つ。こうした姿勢というのは私にとって、自分が植物か、あるいはきわめて新陳代謝の低い爬虫類にでもならない限り、とても耐えられない。野上の本にはサインと共に「人生足別離」と漢文が書いてあり、「さよならだけが人生だ」と日本語が添えてある。人生には別離しかない、という意味なのだろう。

『乱』の資金探しを日本で諦めたとき、まずイギリスへ向かった。『乱』はシェイクスピアの『リア王』の翻案だったからだが、資金は集まらない。しかしフランスの映画会社ゴーモンがすぐに支持を表明して、ローンを組んだ。そして最終的にフランス政府の出資で製作が成りたった。

黒澤が振り向き、野上に問う。

「僕たちは一緒にフランスへ資金を探しに行ったよね?」

野上がうなずいている。

その瞬間、私はリア王の三女を見た気がした。三女は孤独がゆえに狂気に至った父王の最後につき添う。この喩えはもちろん、私の思いつきでしかないが。

映像『映画を祝して』より。
2019 年、侯孝賢と朱天文が野上照代のために来日。
鎌倉川喜多映画記念館にて

『秋刀魚の味』監督 小津安二郎

ニューデジタルリマスターブルーレイ発売中／￥5,170（税込）発売・販売元：松竹

人、旗じるしの下に集う

一九六二年、『秋刀魚の味』は小津安二郎の最後の映画である。テレビがもたらした衝撃（小津の『お早よう』の劇中におけるテレビをご覧あれ）は大きく、興収の保証のために、松竹は当時若くて人気絶頂の岩下志麻をヒロインに起用している。この作品は夏から秋にかけて撮影されたが、その年の二月、小津は共に生涯を寄り添って生きてきた母親を亡くしている。そしてあくる年の十二月十二日、小津は六十歳の誕生日に病気で亡くなり、その二十日前にはジョン・F・ケネディが暗殺された。

四十年後、小津安二郎生誕百年を記念して製作された『珈琲時光』は、出来上がりを見ると『電車時光』と呼んだほうが良さそうである。映画のエンディングはJR中央線の御茶ノ水駅なのだが、それぞれの路線を走る電車が交差していく。黄色い電車は総武線、橙色は中央線快速、地下鉄丸ノ内線は川べりの低いところから顔を出して、再び見えなくなる。予期せぬことに小津ファン〔フランス文学者で、文芸・映画評論家の蓮實重彦氏のこと〕が指摘した。その背景のビル群には小津が死去した病院〔順天堂大学病院〕が映っていると。

小津はかつて監督それぞれの個性をオクターブ（音階）にたとえて、生来のものは、たやすく変えられないと語っていた。

「成瀬（巳喜男）君やぼくなどは低い。黒澤（明）君や渋谷（実）君は割合に高い。溝口さんは低いような顔をしながら実は高い。そういうモトになる調子があるんだ」

そうなのだ。日本映画史の黄金時代、天空には月と太陽が同時に出現して、星さえも語るものがあり、月と共に輝いていたのだ。

明治末期に生まれた彼らより、七、八年ほど若い年代に黒澤明がいる。黒澤の回想に、ある若手の監督が公の場で、明治生まれの人が亡くなって席を譲らないと、あとに続く者たちは日の目を見ることができない、と語ったというエピソードがあり、気の荒い黒澤は、「自分がその日の会議に居合わせなくてよかった。寡黙な成瀬さんはこの若手の言葉を聞いて、苦笑いしながら言い返したらしい、あなたはそのような意見を出したが、私も今すぐに死ぬわけにはいかないでしょう、とね」とある。

同じ東宝撮影所で、黒澤明は成瀬巳喜男の作品に、助監督としてついたことがあった。そのとき印象に残っているのは「成瀬さんの、エキスパートというほかない仕事振り」だったという。

黒澤は、「成瀬作品は見た目、平凡な短いカットで構成されていて、その編集は深い川のように表面は穏やかなのだが、川底に激流が渦巻いている」と述懐している。「僕らの世代で最も編集に長(た)けているのは成瀬です。作業の効率が高く、飛ばして撮影をしても問題がなく、つまり同じ方向からのカットを一通り撮影してそれをつないでも、何も問題が起こらない」と。「その方法は照明の準備時間を節約できる」と侯孝賢は言う。

成瀬は撮影時間をまったく無駄にしなかった。何時まで撮影して、何時に食事を取るかまで計算している。「成瀬はとても理性的で、私たちには真似ができない。彼は撮影現場へ着くと、上着も脱がずタバコを吸いながら、何を質問されてもオーケー、オーケーと言うだけで、寝るためにさっさと帰宅する。第三者から見れば撮影などしていないかのように思えるが、実は撮り終えている」と黒澤は言う。

黒澤明との対談で、侯孝賢はこう尋ねた。「その世代の監督の中で、どなたと親しくされていましたか?」

黒澤は答える。「山本嘉次郎、それと無表情な成瀬巳喜男、僕は溝口健二とはつきあうことができなかった」

黒澤明は二十六歳で東宝へ入社し、三十二歳で監督デビュー作『姿三四郎』を撮るまでの六年間、山本嘉次郎を師と仰いで、山本組で仕事をしていた。山本はのっけから彼に言った。「監督になりたければ、まず編集と脚本の執筆を勉強しなくてはね」

『姿三四郎』は一九四三年に撮影された。太平洋戦争が勃発して二年後である。文部省は学生に自由に映画を観ることを禁じ、内務省が映画の検閲をした。新人監督の第一作にはとりわけ厳しい。黒澤明の回想では、内務省から派遣された検閲官が机の前で横並びに座り、そこへつなげたように末席には二名の映画監督、そのうちの一人が小津安二郎だった。その傍らにはコーヒーを注ぐ給仕が二名。長方形の机の前には椅子が一脚、黒澤明は被告人のごとくこの椅子に座り、検閲官が順繰りに意見を述べるに任せていた。牡羊座の黒澤明がすでに我慢も限界となり、座っていた椅子を蹴って検閲官に振り下ろしてやるぞと思ったそのとき、小津が突然立ち上がり、大声で言った。「百点満点として、『姿三四郎』は百二十点だ！　黒澤君、おめでとう！」

そう言い終えると小津は一同が目を見張る中、黒澤の目の前まで近づき、銀座の小料理屋の名をささやき、「お祝いに一杯やろう」と言った。

小津はかつて「私に撮れない映画が二本あります。それは溝口健二の『祇園の姉妹』と成瀬巳喜男の『浮雲』だ」と語ったという。

雑誌の記事で、監督たちが選ぶ「最も好きなこの一本」という企画があり、ウォン・カーウァイは成瀬の『浮雲』を挙げていた。

ミケランジェロ・アントニオーニ〔イタリアの映画監督。代表作に『情事』『太陽はひとりぼっち』等〕は小津の作品を観ていて、最後まで観ずにそそくさと出てきて言った。「あまりにもすばらしすぎて、これ以上観ていられない」

エドワード・ヤンが『海辺の一日』を撮っているときに、『風櫃の少年』の編集を見に来たが、驚きのあまり無言だった。『風櫃の少年』は公開後に再度編集作業を行ない、ヤンはヴィヴァルディの「四季」を侯孝賢に聴かせて、音楽を入れ直させた。（本来は李宗盛（リー・ゾンション）〔一九八〇年代から九〇年代の台湾ポップス界を牽引したシンガーソングライター〕が歌う主題歌「風中走来（風の中からやって来る）」だった。）エドワード・ヤンはかつて台湾ニューシネマの初期を懐かしんで語るのに、〝良質な競争〟という語彙(ごい)を用いていた。

なんという幸運な競争なのだろう、その意味は、あなたは一人ではない、孤独ではないということだ。朱天心(チュー・ティエンシン)がよく口にするのだが、常に危うく揺れて不確かな世の中において、才能は才能を呼び、人は旗じるしの下(もと)に集うのだ。

8-1
1
R3

そして光ありき――『戯夢人生』

『戯夢人生』の撮影で、侯孝賢は、中国福州の将軍廟(びょう)にて、舞台で演じられる京劇『三岔口(サンチャーコウ)』を観ている客席の観衆たちの辮髪(べんぱつ)を切る、というシーンを撮った。百以上もある辮髪は田壮壮(ティエン・チュアンチュアン)の手配により北京からもたらされたものだった。ワンシーンで二カットだが、これで五十万台湾元がバッサリと消えた。

植民地時代の日本政府は辮髪をやめることを奨励していた。警察は戸籍調査を行なって、まだ切っていない人間を把握し、芝居見物に招待するという名目で、辮髪切りを実行したわけだ。当時はまだ京劇の公演が許されていたが、盧溝橋事件から三年後、台湾は長谷川清が総督となったときに、野外におけるあらゆる伝統劇の公演が禁じられている。大衆の民族意識を削(そ)ぐためである。そして李天禄(リー・ティエンルー)をはじめとする布袋戯(ポテヒ)を演じる人間たちも、一夕にして全員が失業した。その家族も含めれば数万人という人間が影響を被ったことになる。

――『戯夢人生』(一九九三年)は独創的な映画である。それには若干〝時代を切り開く〟

意味合いもあるだろう。少なくとも今後、伝記的な体裁の（あるいは歴史上の人物を描く）映画が世に問われるとき、『戯夢人生』はこのジャンルにおいて参照とされるに足るものだ。

このように、香港出身でフランス在住の映画評論家である王瑞祺（ワン・ルイチー）が、『戯夢人生』を評して〝独り一隅を陣取る〟ような風格を持ち、スタンダードを打ち破った映画だと述べている。というのは、侯孝賢が、ある人物に焦点をあてて記していく映画の手法をひっくり返して、李天禄という人物を常に人々の中に置いているからだ。主人公の顔は周囲の人間たちに紛れて、その行方さえも定かではない。そして名も無い群衆たちが観客に見せるパワー、こうした表現方法はフェリーニの『フェリーニのローマ』や『フェリーニのアマルコルド』などから来るものなのだろうか？

――驚くべき点をもう一つ挙げるならば、この映画は李天禄を主役とするのだが、連なり起こる〝亡き人を想い哀しむ出来事〟で構成されている。映画に満ちているのは無数の死別（母、祖父、祖母、父、妻の父、自分の子供）と生き別れ（大きい目の娘、麗珠（リージュー））であり、スタンダードを打ち破るのはこの点にある。――あなた（李天禄）にその生涯を語ってもらったけれど、あなたはほとんど自分のこと、あるいはあなた個人の得たもの失ったものを語るのでもなく、逝ってしまった一人ひとりを気にかけている。それはまるで、自分といつまでも離れず、真に私を造り出したのは、私よりも先に逝ったあの人々である、と語っているかのようだ。

黒澤明が同業者としての口ぶりで侯孝賢に語ったのは、「あなたの映画で一番面白いのは、職業的な俳優ではない出演者が、しょっちゅう主人公の姿を遮っていることだ。プロの俳優であればそうはしないだろう。あなたの映画は俳優ではない出演者が基本なので、主人公は誰なんだ、みたいな意識がなくて面白い」ということだった。

なんという黒澤明の言葉だろう。掟(おきて)破りで、勢いのある侯孝賢の作品はいったい価値があるのやらないのやら。

王瑞祺の著書は二十二名の監督の作品を選んでいるが、書名は『然后有了光（そして光ありき）』。聖書の『創世記』からの引用だ。王瑞祺は、ある映画の中で一人の女性が水辺にいるクローズアップの場面を、このように描写している。

――ジャン=リュック・ゴダールはゆっくりと絞りを最大から最小へと送るが、それはあたかも時の移ろいのごとく、わずか数十秒のうちに、白昼と闇夜の創造を目にしたかのような衝撃を私たちに与えるのだ。

『ミレニアム・マンボ』より（三視多媒体公司提供）

東京の家――ＪＲ大久保駅前 甲隆閣と『ミレニアム・マンボ』

脚本とは言えない、わずか数ページに四十一のシーン割りを書いただけのものだったが、それでも麥田(マイティエン)出版社は、英文翻訳を添えて「映画原作、中・英文脚本」というスタイルで本にしている。本の表紙には斜体の文字で二行、〝青春の音速、失速する街〟とあり、シーン二十八で私はこう書いていている。

東京、甲隆閣。
フロントには片言の中国語を話す女性経営者の息子が店番をしていて、ビッキーに部屋の鍵を渡し、携帯電話を差し出して言う。「ガオさんから、横浜で用事があるから、この携帯の電話番号で連絡を取り合おう、と伝言です」と。フロントはごく自然に彼女とガオをカップルとみなしている。

部屋へ入ると、果たしてガオの部屋だった。ガオのコートがあり、大麻を吸うパイプ、マールボロライトの吸い残しが一箱。他のものは見たところ、旅先で買ったものらしい。窓のカーテンを開けると、ＪＲの車両が音をたてて走り去る。そして葉のない幹だけの桜の木。

シーン二十九

彼女は携帯を手にあちらこちらへ歩き回る。この大久保は山口組の縄張りだと聞いたことがある。しかし彼女が目にするのはせわしない人々の姿、サラリーマン、学生、家庭の主婦たちだ。自分も地元の人間になってしまおうと、立ち食いでラーメンを食べたり、おにぎりをかじってミネラルウォーターを飲み、セブン-イレブンで情報誌などをめくってみる。それにしてもラブホテルがたくさんあり、新宿へと続く路地はほとんどがそうなのだ。

実はまったく意外でもないのだが、侯孝賢の東京での住まいは、とうとう彼の映画に収められた。

初めて侯孝賢が、この大久保駅前にある安くて清潔で小ぢんまりしたビジネスホテルに泊まったのは一九九一年のこと。『戯夢人生』の準備のため、スタッフを連れて東京へやってきたときだ。

東宝スタジオへ出掛けて、植民地時代の台湾における日本の軍服や警察の制服、和服を見に行った。渋谷のＮＨＫにも立ち寄り、ニュース映像を十六本ほど見てから、十五分ほどの映像をピックアップし、ダビング料を支払っている。神奈川県相模原市にある国立映画アーカイブ相模原分館で、当時の台湾の總督府が撮った台湾のニュースや讀賣ニュースなども見た。さらに西習志野へ赴き、過去の歴史的資料を保有していた戴國煇（たいこくき）教授〔農学者・歴史学者〕の家を訪ねた。戴教授は二階でコラムの原稿を書き、我々映画の若いスタッフたちには一階を開放してくれた。そこで自由に資料をひっくり返しながら、スタッフたちは写真を撮り、文献コピーの作業をした。まさに桜が満開の頃、私たちは行く先々で、桜吹雪の中にいたのだった。

そして、これも初めて、いいえ、そうではなく最後の、かつ唯一の出来事なのだが、私は両親と二人の妹、彼女たちの夫、五歳だった盟盟（モンモン）の全員で、この甲隆閣に宿泊した。両親は家族旅行でみんなを引き連れ、大阪から奈良、京都そしてこのホテルで、映画のスタッフたちと合流した。こうして小さなホテルは貸し切り状態となり、まるで自分の家のように賑（にぎ）やかだった。このとき父は六十五歳、まさしく今の私の年齢である。七年後、父は世を去り、二十年後、盟盟は私と共に脚本家として侯孝賢の映画『黒衣の刺客』に参加した。

このホテルは中央線を臨む方角に大きな桜の木があった。幼い盟盟は部屋に入るとすぐにベッドの置かれた窓際によじ登り、窓を開けた。「露を帯びた花をたわわに着けた桜の枝が弾(はじ)けて部屋に飛び込んでくる。盟盟は手のひらをひづめのように胸の前で揃え、草を食(は)む動物と化して、むしゃむしゃと桜の花びらを食べている。その様子には、最初は盟盟を戒めていた大人たちさえも桜の味を試してみたいと思わせるものがあった。うん、これは梅の実をかじって数時間後の味だね」と、朱天心(チュー・ティエンシン)が書き記している。

窓が開けられるから、桜の木や街の景色に向かってタバコを吸うことができる。だから、それから三十年間、侯孝賢は東京へ来れば、おおよそこのホテルに宿泊している。

ホテルの女性経営者は後妻だったが、夫が亡くなってからもこのホテルを守ってきた。侯孝賢は日本語ができず、女主人は中国語ができない。どんなふうに会話をかわして彼女の身の上を知ったのかわからないが、鹿児島の火山で有名な桜島が故郷だと聞いた。女主人は侯孝賢がやってくると、常に道に面した広めで明るい四〇八号室を用意してくれて、サイドテーブルには新鮮なフルーツが一皿盛られていた。侯孝賢宛てのファックスやメッセージがあればフロントで預かり、女主人がにっこり笑いながら届けてくれたものだ。

野上照代さんから届く宅配便は、新潟産のおせんべいが定番だった。その容器は鉛色をした角形の缶で、あっさりと飾り気のないものだったが、缶の中には瑞々しい稲穂が一本、添えられてあった。

長い月日を経て、最近、鹿児島で晩年を暮らす女主人の消息があり、「侯監督さんはフロントに鍵を置かれて、外出するときは〝行ってきます〟、ホテルへ戻り、自動ドアが開くと、〝ただいま〟とおっしゃっていましたよ」と、語っていたという。

そして今、ホテルは息子の代となったが、母親から受け継いだきまりが守られている。侯監督あるいは彼のスタッフがホテルの予約をすると、必ず四〇八号室が確保され、宿泊代にしても女主人の時代から変わることなくスタッフ優待価格が提供されているのだった。

二〇二〇年十一月二十六日

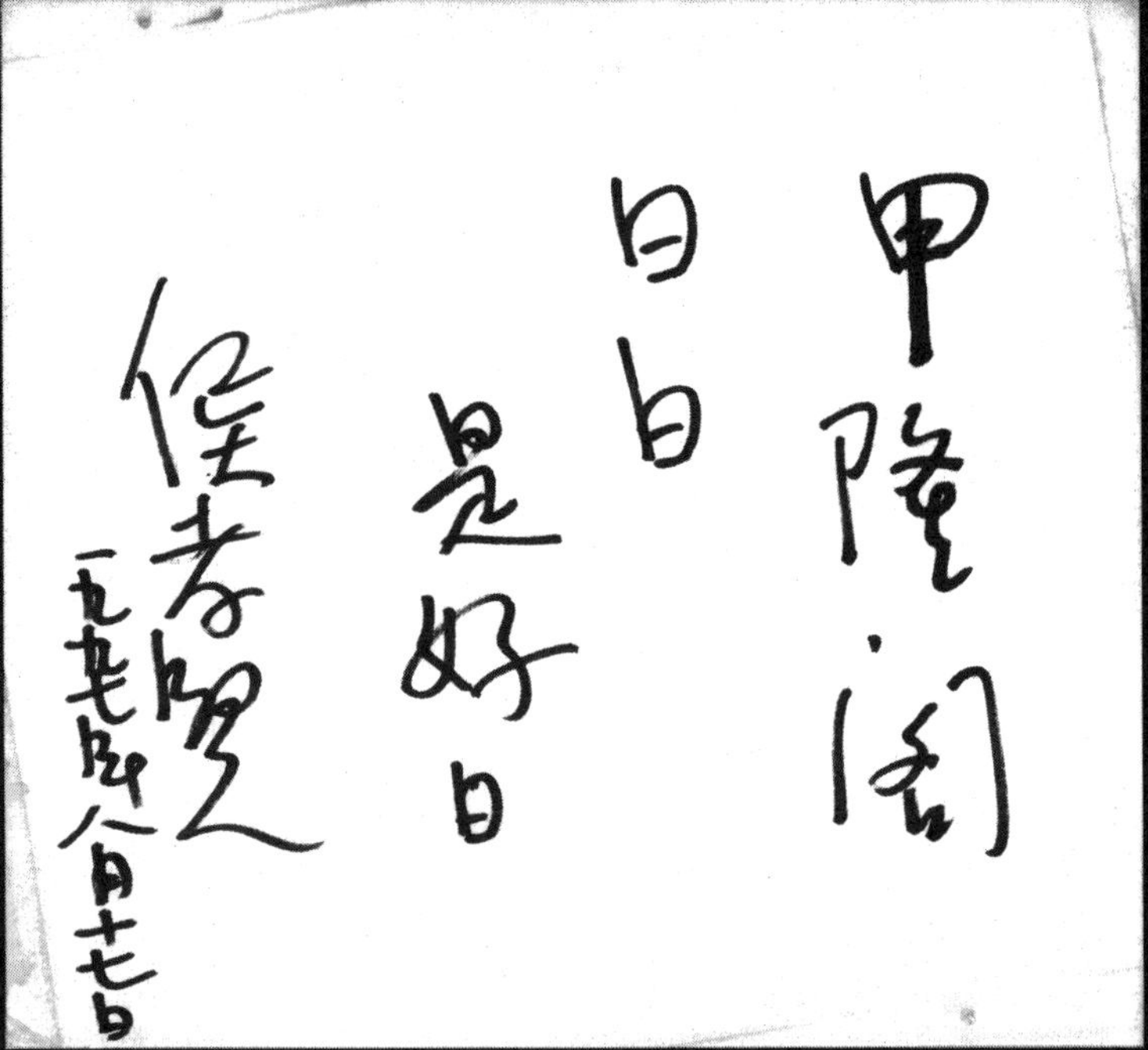

甲隆閣
日日是好日
侯孝賢
一九九四八月十七日

侯孝賢から甲隆閣へ贈られた色紙。いまも大切に保管されている

第三章

侯孝賢を語る・侯孝賢と語る

侯孝賢の映画と女性像

フランスの『カイエ・デュ・シネマ』誌によるインタビュー

一九九九年八月

私は作家ですから、本を書くことが主な仕事です。一九八〇年代の初め頃から侯孝賢の脚本を書いていますが、脚本家というのは、作家とはまったく別の仕事です。つまり、映画の脚本は映像あるいは感覚から始まりますが、本は文字から始まります。創作力のきわめて旺盛な人と一緒に仕事をするとき、私にできるのは映画制作の青写真を描くことでしかありません。

脚本を書くとき、私は自分のテリトリーではない場所——つまり映像の世界に入っていきます。侯孝賢のそばで、私は人気（ひとけ）のない谷間に反響するこだまの役を演じるのです。侯孝賢は非常にパワフルな創作者ですから、私の務めはその広大な創作行為の律動を言葉でとらえることです。創作という行為は、人間を眠りと覚醒が相半ばする夢の領域に入っていかせ、自分が今何をしているのかはっきりと意識していない状況で、物事の根底の部分をかき混ぜるようなものです。私はその夢の中で侯孝賢に寄り添い、自分を彼と同じ境地に置き、同じ状況を保てるように心がけています。もしそれができないのであれば、方向性が食い違ってしまい、仕事にとって何も良いことはありません。逆に、私が本を書くのであれば、私個人のスタイルだけがとにかく重要になります。私は文字を通して事物を表現し、彼は〝映像〟という芸術で表現する。文章は思考するものので、経験とは分離できますが、映像の芸術、それはまた別の方法で経験にアプローチするものなのです。

文章の側にいる私にとって、侯孝賢の映画が最も美しく輝く瞬間というのは、すべて撮影前に議論する段階なのです。この段階では、私たちは一緒に、徹底的に彼の想像世界の内部に分け入って考えを整理していく。あるシーンをどのように撮るのか彼が描写し、なぜそのようにするのか私に語ってくれるのを聞く、私はそれが好きなのです。でも実際の撮影では、現実的にどうしても解決できない問題が出てくるので、最終的に仕上がった映画は、その映画が本来持っていたはずの活力をもはや失っていることを私は強烈に感じる。そしていつも、とてもがっかりするのです。一緒に仕事をしているときは、面白いと思える物事についてだけ語り合うのですが、たまに、ごく小型のレコーダーを持っていればよかったと思うときがある。そうすれば、話し合った内容を録音して保存しておけますよね。というのも、時折、一カ月あれこれ話しても何の結論も出なかったのに、突然なにかしら決定的に重要なものが見つかることがあるから。なので、そのように語り合った内容に音楽をつけて作品として残しておきたいものです。侯孝賢の最もすばらしい映画の数々は、彼の語りの中にあると言ってよいでしょう。

最初の頃、たとえ強力な本能はあったにしても、侯孝賢は芸術的な気質をまったく持たない人でした。彼を野生の動物、あるいはどこか天然未開の地に住む人にたとえてもいいかもしれません。エドワード・ヤンやその他アメリカで映画を学んで帰ってきた友人たちと違い、侯孝賢は映画を撮る技法を知らないまま、撮りはじめていました。当時の彼にしてみれば、映画を撮ることはごく自然な行為で、動物が餌を探し求めたり、人間がうっとりと花を愛でるような自然なことなのでした。でも、彼は自覚していませんでした。自分を独自の方向に導いていく能力を欠いていた。そういう能力を彼はとても長い時間をかけて培っていきました。自分が成熟したのはとても遅かったと彼自身認めています。彼が芸術を追い求める道のりにおいて、このことは大変重要な側面であると思います。彼はまず本能を頼りに創作し、その後やっと少しずつ自分の芸術のセンスをどうやって磨いていくかを学び、時間をかけて一作ずつより豊かな作品にしていったのです。

『風櫃の少年』は、侯孝賢作品の中では、最も自然に近い一作で、その撮影には微塵の迷いもありません。彼の他のすべての作品とは異なる力を持っていると私が感じる理由がそこにあります。しかし、そういう映画を撮った経験があるからこそ、ある事実について知らぬふりを決め込むことはできないと、私たちにはわかっていました。引き続き同様の方法で撮りたいと思っても、以前のあのきわめてピュアな力はすでに失われて、もはや繰り返すことはできないのだと。それでも、それを自覚していく一連のプロセスを通じて、私たちは再び同じく大きな力を得ることになりました。ある種のやり方で、初期の映画が持っていた恩恵をもう一度取り戻すことができたのです。

侯孝賢の力量が成熟に向かった段階で取り組めるようになったテーマの中で、多かれ少なかれ女性のイメージと関連するものがあるのに気づくでしょう。監督自身も認めていますが、たとえ若い頃に何人か女友達がいたとしても、数年前まで、彼は女性についてまったくわかっていませんでした。彼の初期の作品にはいつも悪ガキが登場し、なおかつ男尊女卑の意識がちらちらとかいま見られる。『好男好女』と『フラワーズ・オブ・シャンハイ』で、私が提案した女性像がおそらく決定的な役割を果たしたのではないでしょうか。特に『フラワーズ』においては、侯孝賢は私を通して女性を撮っていたはずです。自分の過去の何本かの作品では、女性は存在していないか、片隅に置かれているにすぎなかったと今では彼も気づいている。今の彼は以前よりずっと女性について理解していると思います。

侯孝賢作品に登場するすべての女性像は、いずれも彼が幼少時から最も身近にいた三人の女性——母親と姉、祖母が原型になっています。彼女たちはそれほど自我が強くなく、抑制のきいた女性で、包容力があり、苦しみに耐えてよく働く女性としてしばしば表現されています。要するに、伝統的なアジアの女性という印象に沿ったイメージ。でも、それは外在的な表層にすぎません。長い間、侯孝賢は彼女たちの心の中で何が起きているのか考えようとしませんでした。たとえば数年前にこんなことがありました。彼とエドワード・ヤンが一緒にナイトクラブKissに行った時のことです。そこにはいつも、きれいな女の子たちがいるのですが、エドワード・ヤンが十六、七歳のある女の子に視線を向け、振り向いて侯孝賢にこう言いました。「見てみろよ。まるで奇跡だね！　彼女はまさに女の子から女に変わるステップにいるところだ」侯孝賢はそれを聞いて、「ヤンは何を言ってるんだ？　何でそんなことを感じられる？　僕は全然気づかなかったよ」と驚きました。そんなことを考えたこともなかったと、彼は私に語ったのです。

（一九九九年八月、台北でエマニュエル・ブルドーが行なったインタビューの記事をフランス語から王派彰（ワン・パイジャン）氏が翻訳し、朱天文本人が校閲したもの）

『フラワーズ・オブ・シャンハイ』の撮影

「張愛玲(チャン・アイリン)と現代中国語文学」国際学術シンポジウムでの講演

二〇〇〇年十月

一

映画の仕事にたずさわってから常に尋ねられるのは、「あなたの小説が映画化されるとき、原作に忠実な内容になっていますか?」ということです。私個人の経験からすれば、映画は原作に忠実である必要はまったくなく、原作に忠実な映画はおおむね二流であると言えましょう。なぜならば、文学と映画はまったく異なる表現手段、伝達媒体であり、異なる理屈の筋道で成り立つからです。両者の違いは変えがたく、転換できないことなのだと、脚本を担って長くなるほど気づかされました。また個性の強い小説ほどその脚色は難しい。張愛玲(チャン・アイリン)の小説がまさにそうでした。ちょっと想像してもわかります。一方は文字でストーリーを語り、もう一方は映像で語るの

張愛玲

です。張愛玲の文章に誰が対抗できるでしょう？　彼女の文章から離れることは、すなわちその内容から離れることを意味します。もし映画化を考えるのなら、彼女の文章はまちがいなく大いなる錯覚となり、罠（わな）となりうる。そしてまた張愛玲の名声がのしかかり、おまけに無数の張愛玲ファンが目を凝らしている。そんなわけで映画化された作品はどれも成功してないように私は思っています。今までに映画化された作品には、フレッド・タン（但漢章）の『怨の館』、アン・ホイ（許鞍華）の『傾城の恋』と『半生縁』、スタンリー・クワン（關錦鵬）の『赤い薔薇 白い薔薇』、そして『フラワーズ・オブ・シャンハイ』があります。ただ、『フラワーズ・オブ・シャンハイ』がほかとやや異なるのは、この原作小説『海上花列伝』は張愛玲が清代の小説を現代語訳にしたものであり、彼女のオリジナルではないという点です。

二

『フラワーズ・オブ・シャンハイ』に関しては、私も参加しているので、お話してみたいと思います。なぜこの作品が生まれたのでしょうか？　実はその頃、侯孝賢は鄭成功（ていせいこう）〔清と戦い台湾に渡って拠点を築いた明の遺臣〕を題材とした映画を撮るつもりでした。鄭成功が若い頃に南京城内の一大歓楽街である秦淮河（チンホアイホー）で妓楼の女たちと過ごすという設定があり、そのためにあれこれ資料を探すうちに『海上花列伝』

〔清朝末期の小説。韓邦慶著。上海の花街が舞台〕に出会いました。

鄭成功と『海上花』の時代背景には数百年の開きがあるのですが、いずれにしても芸妓の話ということで、侯孝賢に推薦しました。しかし、私自身はさほど監督の反応に期待はしていませんでした。というのも私が最初に『海上花』を読んだのは大学時代で、しかも何度か読破を試みたけれどもいつも途中で挫折していたからです。ところが思いがけなくも、侯監督はひたすら読みふけり、しかも楽しんでいる様子でした。いったい何に惹きつけられたのでしょうか？　後日その話になり、張愛玲が「胡適を憶う」という一文で、『海上花』の特質を述べているのを読んだと監督は言いました。

それは、「密かに綴るところも、あからさまな描写も、いずれもが軽妙で筆の痕跡を残さず、普通の人々の生活の質感を織りなしている。おおざっぱで野暮ったく、多くの事がらが〝その場では気にも留められていない状態〟にある。だから、たとえ八十年前の上海の妓楼の話であっても特に違和感がなく、私が読んだあらゆる書物の中で、最も日常の暮らしを感じさせる作品だ」というものです。

侯孝賢が『海上花』に見たものが日常、つまり普通の暮らしだったとは、私には想像もつきませんでした。実はそれが彼の映画の特色であり、魅力でもあるのです。つまり、日常の生活が醸し出す雰囲気。言い換えるなら、芸妓の置屋に漂う濃厚な家庭らしい雰囲気が彼の心に響いたのです。百年前の妓楼の生活を描くことによって、なお語り尽くせぬテーマを彼は語り続けているということでしょう。

一昨年、フランスのカンヌ国際映画祭で『リベラシオン』紙の取材を受けた際、彼らは〝アクション（行為・行動）〟に言及しました。『リベラシオン』のインタビュアーが不思議に感じたのは、『フラワーズ・オブ・シャンハイ』で起こる事がらは、すべてがアクションの前後、あるいはその傍らにあり、アクションそのものではないということでした。

「これはあなた方中国人の特殊なものの見方ですか？」とインタビュアーが聞いたとき、侯孝賢は次のように答えています。

――そうです。アクションは私の興味の対象ではありません。私の注意力はいつも無意識に、他のものに惹かれていくのです。私が好むのは、時間と空間における、目の前の痕跡であって、人間はその痕跡の中で活動している。私はかなりの労力をその痕跡を追うことに費やします。人間の状態と生き生きとした様子が、映画で私が最も大事だと思う部分なのです。人間は個々にモチベーションが異なり、表現の姿勢もおのずと違うわけですが、侯孝賢が求めるものは、こうしたことなのです。

張愛玲は華やかだと誰もが言います。一方、彼女自身は「私は素朴なのが好みだ。しかし私が書けるのは、現代人の機智と飾りたてた様相からかいま見える人生の素朴な基調でしかない」と語り、またこうも言っています。「唯美主義の欠点は美にあるのではなく、その美に深みをもたらす基調がないことだ」と。このように再三〝基調〟に言及し、次のようにも語っています。「人生の穏やかさを基調にして人生の高揚感を描く。この基調無くしての高揚は浮ついた飛沫(ひまつ)でしかない。多くのパワフルな作品は人々に興奮をもたらすが、啓示をもたらすことはない。その失敗は、基調を把握するすべを知らないことにある」と。このように張愛玲は幾度も〝素朴な基調〟について提起しています。『フラワーズ・オブ・シャンハイ』が撮ろうとしたのは、まさにこのことでしょう。つまり、日常生活の痕跡、時間と空間が創り出すその瞬間の、人物の生き生きとした様子、その輝きを撮りたいということなのです。

三

ではこの基調をどう創っていくのでしょうか？　いかにしてこの基調を動かしていくのでしょうか？　まずは、登場人物がどんな暮らしをしているのかということが重要です。生活のディテールとリズム感、それが、その場の気配を創るのです。

たとえばアヘンを吸うという行為。沈小紅(シェン・シャオホン)役は本来、マギー・チャン（張曼玉）の起用を考えていました。マギーの最初の反応は「言葉は反射的なものだと思うのですが、私の上海語は

『フラワーズ・オブ・シャンハイ』撮影現場のスナップ。
小紅役の羽田美智子と侯孝賢（提供：小坂史子）

ダメだし……」というわけで、彼女はセリフがすべて上海語だと聞いて尻込みしました。さらに、スケジュールの問題――ウォン・カーウァイ（王家衛）監督の『北京之夏』〔未完の作品〕の撮影とぶつかったため、結局出演しませんでした。しかし彼女の〝言葉は反射的なもの〟という発言は、優秀な俳優ならではのものでした。役作りについても、彼女が準備を希望したのがアヘンで、「アヘンは一度、本物を試してみたい。実際に吸ってみないと感覚がわからないから」ということでした。以前にも『ルージュ』〔スタンリー・クワン監督〕や『花の影』〔チェン・カイコー監督〕で、横たわってアヘンを吸うシーンを見たけれど、動作をちょっと真似ている程度で不十分だと感じたそうです。大事なことはアヘンを吸う道具に慣れること。自分の手にあるもの、水タバコでもアヘンを吸うキセルであっても、道具という存在を意識しないほど慣れることにより、生活のリズムに近いものになっていること。そうすれば暮らしの中で、話をする姿ひとつにしても、すでに演じ手の一部分となります。

それから監督は俳優に練習してもらおうと、友人を通じて雲南からアヘンのかけらをなんとか手に入れました。しかし物はあってもそれをどうするのか、細かいことがわかりません。後日、イギリスの作家グレアム・グリーンが書いた小説『おとなしいアメリカ人』の中でアヘンの描写が見つかりました。主人公のアメリカ人がベトナムへ行く話ですが、ベトナムの女性がアヘンを燻（いぶ）して男性に吸わせるくだりがあり、その過程の描写がとても詳しく、私たちはアヘンの具体的な吸い方をこの小説でやっと理解したのでした。

アヘンの塊を炙（あぶ）って柔らかくする。それをいくつもの小さな塊に分けて串状の道具に載せます。

『フラワーズ・オブ・シャンハイ』撮影現場のスナップ。
トニー・レオン、監督（後ろ姿）、羽田美智子（提供：小坂史子）

小説の『海上花』では、このアヘンを載せた道具を用意する描写がよく出てきました。角盆には細々としたものが並び、アヘンを吸うときにはこの串状の道具が用意されているという具合です。のちに医師に尋ねてみたところ、アヘンはある種の薬の服用感に近い（具体的な名前を挙げていましたが……）という説明でした。

アヘンを吸う演技で言えば、トニー・レオン（梁朝偉）が最も熟練していました。まるで自分の一部のようで、彼がアヘンを吸い出すと、何のセリフも要りません。事前の設定も後の説明も要らないのです。侯孝賢は大概、こうした状況を創り出したがっています。つまり、その場の、その瞬間の出演者の輝きを撮りたいわけで、因果関係、いわゆる原因と結果を積み重ねて人物を形づくることを考えません。脚本を書くときによく人物を立ち上げると言いますが、立ち上げるのではなくて、肝心なのはその人物が登場したとたん、その人物を信じることができるかどうかなのでしょう。

次に水キセルについて。水キセルに熟練するのも厄介なことです。最たる問題は紙をこよりのように固く巻いた棒で火をつけること。当時はマッチが存在しませんから。この紙の棒がマッチの代わりです。本来、紙は燃え尽きますが、この紙の棒は熾火を残している。それを手に取りフッと息を吹きかけて点火させます。しかし火がついた紙の棒をどうやって手にするのか、難しい、非常に難しいのです。あまり上手でなかったのはミッシェル・リー（李嘉欣）でした。撮影中、彼女はこれに悩まされ続けました。上手だったのはカリーナ・ラウ（劉嘉玲）で、水キセルの存在を感じさせないほどです。

ほかに妓楼のしきたり、芸妓を指名する方法や、お座敷伝票の書き方などですが、侯孝賢は「すべてはただ映画の質感のためだ。新たに創りだすものと模倣した生活の素地が相まって、それが映画の基調になる」と言いました。

また、鍾阿城（チョン・アチョン）〔中国の作家、代表作に《棋王》《樹王》《孩子王》がある〕もこの映画に参加しています。彼は美術チームに加わり、脚本には関与していません。彼は非常に優れた人物で、美術チームにアドバイスしたのが、「実用的でないものを多く探すといい。たとえば、ある女性の部屋に入ったとする。そこが彼女の暮らしている空間なのだ。芸妓たちそれぞれの部屋の密度と豊かさはどうなのだろうか。実用性のあるものはいわゆる設定であって、実用性を求めないものにこそ、暮らしの痕跡がある。だから役に立たないものを探すべきだ。それは制作費やいくらお金をかけるのかとは必然的な関係はなく、想像力の問題だろう」ということでした。

阿城が当時書いた文章があるので、少しご紹介しましょう。

――一九九六年の夏から、私は侯孝賢、そして美術スタッフの黄文英（ホアン・ウェンイン）と上海やその近辺で撮影場所や道具を見て回り、アドバイザー的な役目を担った。後に北京で刺繡（ししゅう）の服の購入を手伝ったり、友人たちの伝（つて）を頼りにあちこち物色したが、大道具は探しやすかったのに比べ、残念だったのは、細かな道具がもはや入手困難になっていたことだ。チェーホフはかつて、舞台上の道具はすべて必要なものでなければならないと説いた。たとえば彼の『かもめ』の脚本では、壁に銃がかかっている。なぜなら劇中の人物が最後に銃で自殺するからだ。

　映画はそういうものではない。

映画の場には質感が重要であり、登場人物は異なる質感の環境のもとに動き回る。大道具以外に、無数の細々とした小物が、空間に密度をもたらし、人物の日常性を醸し出す。『フラワーズ・オブ・シャンハイ』で芸妓たちが客をもてなす環境、そこは彼女たちの家なのだ。昔も今も、家庭における環境の密度は似たり寄ったりだ。『フラワーズ・オブ・シャンハイ』の環境は俗に言われるロココ調であり、ロウソクの明かりもあでやかで、租界〔外国人居住地〕らしさのかけらを散りばめている。手で触れることのできる情欲と心地良いきらめきがゆったりとそこに在るのだ。

　阿城の言う〝租界らしさのかけら〟はとても重要です。なぜなら十九世紀当時の租界の最たる特徴とは、禁を犯すこと。例えば黄色は皇帝、ロイヤルファミリーでなければ用いることができない色でしたが、芸妓の暮らす租界では、大清帝国であろうと干渉の及ばない場所であり、彼女たちは黄色の衣装をまとっていました。そして人力車夫も、クジャクの羽をつけた帽子をかぶり、高貴な黄色の官服を着て、まるで役人が人力車を引いているようなふうです。ですから『フラワーズ・オブ・シャンハイ』における美術のイマジネーションは実に豊かなのです。時代考証もしっかりなされていますが、租界であるがゆえに権威もゲーム化されていて、非常に〝ポストモダン〟的になっている。このように『フラワーズ・オブ・シャンハイ』の美術のポイントがどこに置かれていたかを探ってゆくと、それは〝日常生活の質感〟であることがわかります。

四

最後に撮影方法について語ってみたいと思います。いわゆるワンシーン・ワンカット、これが侯孝賢の映画で最も話題にされる点です。例えば『フラワーズ・オブ・シャンハイ』のオープニングの九分間は途切れることなく演技が続きます。このワンシーン・ワンカットで大切なのは、シーンのアレンジに尽きるでしょう。なぜならカットをつなげたものではないからです。これは映画における二つのシステムにかかわってきますが、両者に良し悪しはありません。ストーリーの語り方には二通りがあり、世の中を見る二通りの方法とも言えるものです。一つはモンタージュ、もう一つは長回し。両者はまったく異なる系統の手法です。

ここで私は陳耀成（チェン・ヤオチョン）〔香港の映画評論家、監督〕が書いた「『フラワーズ・オブ・シャンハイ』の長回しについて」という文章のタイトルを借用してお話したいと思います。みなさんご存知でしょうが、モンタージュはソビエト連邦時代の巨匠、エイゼンシュテインにより提唱されたもので、それは現実を分割して再度組み合わせるという手法で、編集を経た映画のモンタージュ美学となりました。なぜエイゼンシュテインが、この手法を提唱したのかと言えば、彼は本来、社会の不平等に焦点を当てて、編集によって階級意識を喚起しようとしたそうです。たとえばＡＢＣ三つのカットがある場合、ＡＣＢ、ＣＡＢなどと組み合わせを変えることで、伝達される情報も異なってきます。こんな見せ方もあれば、別の見せ方も可能だというように。しかしモンタージュは発展の後、今日どのような姿となっているのでしょう？　ミュージッククリップを見るとよくわかるはずです。すでにワンカットが一秒しかないことさえあるのです。皮肉なことに、モンタージュは本来の起源に背いてしまっているのかもしれません。騒々しい現代社会では人々の心は落ち着くことができなくなっていますから、より強烈で迅速な方法により観客のハートを射止める必要がある。そして映像を消費する文化となってしまいました。

では、長回しとは何でしょうか？　長回しはフランスのアンドレ・バザン〔フランスの映画批評家〕の名著『映画とは何か』にあるように、比較的、私たちの日常生活に近づいて見たところの状況であり、連続的で、分割されない、新たな組み合わせをしない、というように基本的にはドキュメンタリーの精神が長回しの精神です。一つのシーンを一つのアレンジで見せるため、そこに何があるかは観客が自分で選択して見ることになる。映像からもたらされる情報は多次元で、複雑であり、これが長回しの系統ということです。

ですから、『フラワーズ・オブ・シャンハイ』の撮影では、日常生活の些細(ささい)な事がらやリズム感で基調を創りあげただけではなく、ワンシーン・ワンカットでストーリーを語っています。『フラワーズ・オブ・シャンハイ』は妓楼の物語ですが、日常性からアプローチすることで本質に迫ろうとしたのではないでしょうか。

この好天気、誰が名づける――朱天文・侯孝賢対談

二〇〇四年十一月『印刻文学生活誌』の対談

朱天文（以下、朱と略称） 韓国の釜山（プサン）から戻ったばかりですね、今回の目的は？

侯孝賢（以下、侯と略称） 釜山国際映画祭で『珈琲時光』の上映があったのと、「今年のアジア映画人賞」という、アジアの映画人に授与される賞があり、第二回の今年は僕が賞をもらったのです。釜山映画祭の特徴は監督重視なところ。なかなか良い映画祭だと思う。

朱 釜山映画祭の人気と評判はすでに東京国際映画祭を超えているのかも。

侯 確かに。釜山映画祭のスタイルはロッテルダムと似ている。〝ＰＰＰ（プサン・プロモーション・プラン）〟という部門があって、映画の企画を応募すると、選考を経て上位の数人には

賞金だけでなく、配給会社なども招かれているので、投資のミーティングを直接行なえるチャンスがあるんだ。

朱　『珈琲時光』は小津安二郎生誕百年を記念して製作された作品で、日本の松竹株式会社の出資ですが、なぜ外国人であるあなたに監督を依頼したのかしら?

侯　松竹には以前から企画があって、当初は世界で六人の監督を考えていたようだ。僕以外に、イランのアッバス・キアロスタミ、ドイツのヴィム・ヴェンダース、日本の行定勲が入っていたのは知っている。ほかの監督たちについてはわからないけど。一人、二十分の作品をまとめて一本の映画にする話だった。ところが、営業がセールスしづらいと反対したらしく、資金もかさむため、企画は止まったままだった。その後NHKから同様の趣旨で六十分の作品をと僕に打診があったものの、松竹としてはやはり自社で製作したいと考えたようで、最終的には僕一人で一本撮ることになりました。

外国人監督を起用する良さは、異なるものの見方が作品に反映されることだろうか。加えて、多くの人が僕の映画が小津作品と何か共通するものがあると思ったらしく、特にかつて『童年往事』がニューヨークで上映されたとき、小津作品を観たことがあるか、その影響を受けたことはないかと、ずいぶん質問されました。小津作品については、僕が『童年往事』を撮り終えて、フランスのナント三大陸映画祭で賞をもらったとき、イタリアの友人マルコ・ミュラー〔映画評論家、プロデューサー。欧州の映画祭のディレクターとしても活躍〕が、〝小津〟の映画を絶対に見なければいけないと僕に言った。彼は〝小津〟のことを〝シャオジン〟と中国語で発音していた。こうして初めて観た小津作品はサイレントの『大人の見る繪本 生れてはみたけれど』。それから小津作品が好きになった。でも、台湾に戻ってビデオで他の作品を観るうちに、どの作品も似たり寄ったりで、観続けるのがつらくなり、もう観たくないと思ったこともある。

朱 あなたと小津の作品が並べて語られるのは、おそらくカメラが動かないからでしょう。

侯 フィックス撮影であること以外にも、映画が物語るのが人々の生活、その味わいや心情などで、だから表現する内容や、生活に対して自省的なところが似ていると思われたのかな。

朱 当初、松竹から話があったとき、私はとても心配でした。会話はみな日本語、しかも日本で上映する作品なので、日本の観客から最も厳しいチェックを受けることになるはずだから。私は観客の一人として、例えばベルトルッチの『ラストエンペラー』、この手の異国情緒ものは別にして、アート映画の監督たち、たとえばキェシロフスキの『トリコロール』三部作（赤の愛／白の愛／青の愛）でも、監督の故郷であるポーランドのパートはとても豊かなのに、舞台がフランスになったとたん、もちろん彼はフランスを熟知しているのでしょうけど、しこりみたいなものを感じてしまった。何かが違うのよね。ウォン・カーウァイ監督の『ブエノスアイレス』でも、前半は本当に素晴らしく、映画は滝のシーンで終われば良かったのにと思った。

ところが続けて、トニー・レオンが台湾へ張震（チャン・チェン）を訪ねるシーン、MRT、屋台などが出てきたとき、これはバレた、と私は思いました。一目見ただけで違和感があった。ウォン・カーウァイのような優秀な監督で、しかも香港と台湾は文化的に互いに似たところを持っていても、やはりこうした問題が出てくるのね。最近上映された『2046』〔二〇〇四年、ウォン・カーウァイ監督作〕でも、家主役が北京語を話したとたん、映画の質感がワンランク落ちてしまう。言語とはこれほどに恐ろしいものです。

あなたは日本語もわからず日本で撮影をして、そういう、〝尻尾が見えてしまう〟心配はなかったのかしら？

侯　やっぱり躊躇（ちゅうちょ）はしたよ。あの頃は、台湾映画文化協会〔侯孝賢が理事長を務めていた非営利組織〕が映画祭を主催したり、「台北之家」〔旧アメリカ大使館の洋館を改装した映画シアターを含む文化複合施設〕の設立など、とても脚本に集中できる状況にはなく、ならば今、製作費の提供があって時間と内容に制約のあるものを撮影するのもいいだろう、やってみようかと思った。新しいスタートの契機ととらえて、チャレンジではあったけれども、映画を撮ることに立ち返ることができると考えて、この企画を受けたのです。

朱　要するに作業を進めながら考えようということね。でもまったく根拠のない方法ではなかったと、私は思います。あなたはこの十年来、日本を行き来していましたから。それに数年前から撮影したい素材つまり〝珈琲娘〟、のちに〝コーヒー・ガール〟と名付けた人物もいたし。それは長い間あなたの通訳をしてきた小坂（シャオパン）〔『珈琲時光』のプロデューサー小坂史子〕。彼女はコーヒー中毒よね。ちょっと時間ができると喫茶店へとまっしぐら、しかも行きつけの店は古風な喫茶店ばかりだった。

侯　小坂は古めかしい店が好きだね。『珈琲時光』に出てくる喫茶店は、彼女が行きつけにしている店だった。小坂はフリーランスで、かつては雑誌の仕事をしていたが、喫茶店をオフィス代わりにしていた。仕事の手配をするのも、考え事をするのも、文章を書くのも、人と打ち合わせするのもみな、そういう喫茶店だった。だから、東京には彼女のオフィスがいっぱいあったわけだ。僕はそれが面白いと思った。僕は小坂をよく知っていて、夫が台湾の人で、恋愛過程も知っていたから、彼女を撮りたかった。

　ほかにも撮影のネタはあった。たとえば北海道の夕張はかつての炭鉱都市で、台湾で言えばそう、九份（ジゥフェン）だ。ここに「俺ん家」という、いかにも日本的な家庭料理の店があって、行くといつもお客でいっぱいだった。僕が初めてその店へ行ったとき、母親を先頭に娘三人が忙しく働いていた。きっと父親不在の家庭だよと僕が言うと、小坂が尋ねてみて、案の定、父親はすでに亡くなっているという返事。長女と次女は札幌に住んでいて、夕張映画祭の期間になると戻ってきて店を手伝っているという。僕はさらに、姉妹三人ならきっと弟が一人いるよと話したら、これも的中だった。

あとは、高崎でのこと。高崎映画祭のディレクター茂木さんの弟が交通事故で亡くなり、弟の妻は子供を連れてどこかへ行ってしまったと聞いていたことだ。

僕はこの二つの話を一つにできないかと考えた。茂木さんの弟の妻はあちこちさすらってはいるのだが、夕張で映画祭がある時期だけ戻って手伝いをする、というような話に。また、夕張のあるバーのマダムは、店にカラオケを入れるようになってお客の飲み方が変わったと言っていた。かつて酒の席は男性の社交の場であり、成長していく場、女性と初めて接触する場所でもあったから、年配者の男性が若者を連れてきて、マダムとおしゃべりをしながら社交を学ばせたそうだ。こうした状況は今はめっきり減ったらしい。いまどきの男性は軟弱で、以前とは違うのだと。マダムの父親は地元で印刷工場を経営し、彼女は大学で美術を専攻していたのだけれど、突然母親が亡くなり、彼女は地元へ戻って父親と暮らすようになった。バーのクロークの仕事をしながら観察眼を養い、接待のコツや場の雰囲気をつかんで水商売を始め、成功した。かつては三百人もの女性が夕張で水商売に従事していたそうだ。飲み屋のマダムは誰もが和服を着ていて、それがある種の礼儀であり、ステータスだったとか。それに夕張のラーメン屋のお婆さん。彼女は炭鉱があった時代から店をやっていて、今は腰が地面と平行なほど曲がっている。身なりも庶民的だった。こうした長い間に見聞きした細々とした印象が、僕の中で互いにつながってくる。すると、撮りたくなるわけ。『ミレニアム・マンボ』でも一つネタを使ったね。雪の壁に顔の痕をつける、あれです。

朱　私の記憶では、松竹から製作の話があり、あなたが引き受けたのが一昨年、二〇〇二年の末で、私が東京に〝書〟を買いに出かけた頃です。それは胡蘭成（フー・ランチョン）先生が一九五〇年に日本へ亡命した際、居留証の手続きのために山水楼に売ったものでした。山水楼は一九〇一年にできた東京で初の本格的な中華レストランです。当時、康有為（こうゆうい）〔清末民初の思想家、政治家。戊戌の政変に失敗し日本へ亡命した〕たち日本へ亡命した人々は、山水楼でもてなされた上に、居留証を手に入れる手助けまでしてもらっていた。山水楼の主は書道家で、九十過ぎまでご存命でしたが、すでに今は三代目の時代となり、閉店するとの噂（うわさ）でした。それで子孫がかなりの物品を手放すことになり、京都大学の金文京教授がそれを知って、私たちに連絡してくださった。私は日本へ行き、十二幅のうち十幅の書を買ったんです。どれも胡先生が初期に書かれたもので、後に書かれたものとは異なり、文献としても意義があるから。

このとき私は書を買いに、監督は仕事の打ち合わせでしたが、とにかく映画製作が決まって、明くる年の二月、北海道の夕張、東京、那須高原などをシナリオ・ハンティングしたわね。ストーリーはその過程で形作られた記憶があります。あなたの脚本は基本的に出演者から考えていく。小津監督もそうだったみたいで、出演者が決まらないと脚本も進まず、具体的に誰が演じるかがわからないと、脚本がスタートしないので、出演者の顔ぶれはかなり固定していた。あなたもそうでしょう？

侯　そうだね。『珈琲時光』のスタートはコーヒー・ガールという発想がまずあって、それから出演者を決めていった。まず決まったのは、浅野忠信。

朱　彼はどんな特徴があったのかしら？

侯　初めて会った頃、彼はすでに多くの映画に出演していて、業界でもかなり有名だった。ところが、実際の彼ははにかみ屋で、笑った顔が初めて演技をする人みたいな、真っ白な紙、どんな色にも染まる、そんな印象だった。彼の役は古書店の二代目店主。古書店も小坂の社交テリトリーだった。

ヒロインに関しては、なかなか彼に合う相手が見つからなかった。候補の一人に、行定勲監督の映画に出ていた女優がいて、僕もその映画は観ていた。でも、彼女は非常に豊満な印象だったから、そこからイメージする職業はナイトクラブとか水商売的な仕事で、ロジック的に合わない、つまり僕が本来設定していたものではなかった。それでも、ふさわしい人がいなければその女優で、しかし設定を変えなければ、と考えていました。彼女を起用すれば、日常生活の設定も、二人の関係も違ってくるし、より肉体的な性を感じるものになりそうだった。家族とのかかわり方も変わってくるだろうと思った。そうしたら僕の会社の女性が一青窈（ひととよう）のデビュー曲が好きで、彼女はどうかと提案してきた。それで連絡を取ってみたんだ。一青窈の父親は台湾の基隆（キールン）の顔（イエン）家〔台湾屈指の名家。鉱山ビジネスで財を成した〕出身で、彼女が四歳の時に亡くなっている。日本で暮らし始めた頃は母方の姓を名乗り、その母親も彼女が十七歳の時に亡くなった。彼女のデビュー曲は、一般の音楽業界の戦略とは異なり、彼女自身の半生を表に出したものだった。「もらい泣き」とか「アリガ十々」みたいな曲で、両親を想う歌も多いし、彼女自身いつも父親の写真を身につけている。当時、彼女は売れっ子で非常に忙しく、所属事務所としては次のアルバムを出したい時期だったが、思いがけず彼女の映画出演の意思は堅かった。一青窈が僕の映画を観たことがあるのかはわからないが、おそらく僕が台湾の人間だと聞いただけで、親しみと郷愁が沸き起こったのだと思う。

僕は一青窈と話をしながら、彼女がしきりに自分のマネージャーにおやつを勧めている様子を目にした。落ち着いていて心配りがあって、それでヒロインは彼女にしようと思った。僕の友人、小坂みたいに文章を書くことが好きで、散文が得意だった。歌詞も自分で書いていた。慶應義塾大学で専攻は環境情報学だったかな、現代建築やアートが好きで、僕の人物設定にぴったりだった。

次がヒロインの両親役だ。日本のプロデューサーが小林稔侍という俳優を父親役として推薦してくれました。

朱　山田洋次監督の『たそがれ清兵衛』で清兵衛の上役である、藩の御蔵番を演じた人ですね？

侯　ほとんどの台湾人がそのことに気づかない。

朱　小林稔侍は日本でとても有名よ。私の母は一目でこのベテラン俳優に気づいたわ。そんな彼に父親役を？

侯　そう、適役だと思った。カメラテストのとき、日本の映画業界には伝統的な上下関係があると感じたね。俳優は監督にとても礼儀正しくて、あまり話もしてこない。彼は僕より二つ年上で、打ち解けてから小林が言うに、僕の一番印象的なところはベルトの内側に手を入れていること、それがヤクザみたいだって。後妻役は余貴美子。実は台湾の人なのだが、日本で生まれ育っているから中国語はできない。ドラマにも数多く出演して活躍している。

朱　撮影に際しては先にシーン割り台本があったけれど、一青窈の出演が決まってから彼女に合わせましたね。本来は小坂がモデルでしたから、想定していた主人公の個性とかは、一青窈に合わせて全部調整したわけです。私はあなたの脚本を担当していますが、映画が完成したときいつも感じるのは、監督は脚本の内容を撮影の過程で捨てていき、出来上がったものは別の姿をしているということ。思うに、あなたの映画でより素晴らしい作品とは、討論しているときのものだわ。いざ撮影すると、滑稽な部分だったり、高揚感だったりというものが、どうしてすっかり消え失せているのでしょう？　脚本と照らし合わせて見ると、内容がずいぶん捨てられていることに気づきます。ヒロインの妊娠に関しても、一青窈の性格に合わせて大きく変更しましたね。

侯　それはそうだ。僕は出演者が決まった時点で、本来の想定でいけるかどうかを判断するから。一青窈はあまり感情を面に出さない。そして浅野はどのようにでもなれるタイプだ。いずれも日本的な淡い感情表現をするわけで、しかも二人とも自覚的にタイミングと状況を踏まえて言葉を発していく。だから、ストーリーを彼らの状況に合わせて調整していきました。

たとえば浅野の場合、別の作品の撮影に入ってた彼の現場を訪ねたが、休憩のとき、彼のそばにはギターとパソコンが置いてあった。僕は彼がバンドを結成してCDを出していたことも知っていた。画集を出版できるほど絵が描けることも。「撮影がないときは何をしているの？」と聞いたら、浅野はギターを弾いたり、パソコンで絵を描いたりしていると答えた。見せてもらったら、大きな蜘蛛の内側に近代的な都市があって、とても観念的なデザインだった。

『珈琲時光』で彼が演じた肇（はじめ）は、電車マニアで電車の音を録音して歩く人物だったので、彼に電車を描いてもらった。そうしたら、思ったとおり素晴らしい絵ができた。しかもストーリーに基づいて描かれている。陽子（一青窈）が妊娠していると知り、彼の絵には折れ重なる電車の中に胎児がいる。だから、この映画は出演者の状態と個性で、共に創作したものだと言えます。

陽子に関しては、本来の設定は、彼女の父親は大企業のエンジニアで、高度経済成長の頃にできたヨーロッパの支社に派遣されている、というものだった。母親は独りで四歳の娘と社宅に住んでいるが、もともと意志が弱くて他人の影響を受けやすいという背景もあり、新興宗教に入信し、家を出てしまう。取り残された娘は畳に座り、まわりにはインスタントラーメンのゴミが散らかっている……。しかしこうした陽子の背景も、父親か継母から語られる情報であり、直接的に観客に知らせることはできないものだよね。

朱　脚本で難しいのは、ストーリー的に、すでに長く続いている人間関係を自然に見せることね。一番ダメなのは人物の背景をわかってもらうための設定になってしまうこと。だからどんな状況でどんな情報を出すか、ですよね。

侯　そう、だから父親が陽子の妊娠を知ってから、何かの状況で家族の背景を語らせるように仕組んでおいた。ところが、小林はいざカメラが回ると何も話さない。後妻も娘もずっと待っているのに、沈黙したままで。後妻役の余貴美子は彼の言葉を待つのに不安と苛立ちを見せて、いかにもこの役らしい雰囲気になった。彼女は後妻という立場から、大事なことに口が出せない。そこに緊張感が生まれて、僕は日本語を聞き取れないけれど、良いと思った。すべてが想定外だったけれど、小林は僕にも共演者にも何も言わず、こんなふうに演じて、僕もそのまま撮り、OKだった。

朱　私が大変だろうと思うのは、あなたの映画はセリフに頼らなさすぎること。たとえば父親がヨーロッパに派遣される背景となっている日本経済の状況など、私にはとても重要だと思えたのです。だから、小津作品の東京に呼応して、今の東京はどうなのかということをさりげない言葉で書いておいたのに。だけど、小林の〝沈黙〟という演技で、その情報はさらに奥へと隠れてしまい、ほとんど消えてしまった。監督はこのことをどう考えたのでしょう?

侯　そう、だから別のシチュエーションでそれを補おうと思って。それが雷のシーンです。あの日は撮影が終わり、宿泊先へ戻った夕刻だった。東京は突然、雷雨に見舞われ、電気も消えてしまった。たぶん四、五十分続いたと思うが、僕はすぐ録音技師に雷雨の録音を頼み、カメラマンはすでにデジタルビデオ・カメラで撮影をしていた。僕は自分の部屋に戻り、電気を消して静かに稲妻を見ながら、シーンを増やそうと考えた。陽子がしょっちゅう夢に見る、憂鬱そうな母

『珈琲時光』撮影現場のスナップ

親の姿。母親は自分の赤ん坊がゴブリン〔ヨーロッパの伝説などに登場する小鬼〕たちにさらわれ、替わりに置かれた氷の人形が溶けてしまうのではないかと心配している。陽子はなぜそんな夢を見るのか不思議に思い、肇に夢の話をすると、彼はヨーロッパの妖精伝説に似ていると言って、モーリス・センダックの絵本『まどのそとの そのまたむこう』を探して彼女に手渡す。彼女は絵本を読んで、雷の轟く（とどろ）その日に、電話で浅野に言う。とうとう思い出した、夢は私が四歳のときの記憶で、母親が私を教会へ連れていき、私は畳の上で絵本を読んだ、と。ここで母親との別離と継母についての情報がもたらされる。でも、畳に散らかるインスタントラーメンのゴミというのは撮らずに終わった。多くの情報が撮れずに、表現できたものはわずかだったけれど、そうした表層的な状態を僕は非常に面白いと思うし、好きなんだけどね。

朱　表層に現れるもの、あるいは映像そのものがもたらす情報、たとえば海外の映画祭で映画を観ると、英語字幕には頼れないし、聞き取りもできないから、映像で物語を観るわけです。そんなときに試されるのが映像の説得力ですよね。作品によっては、背景の音楽を取り除くだけでダメになることもありますが。

侯　今回は、僕が日本語を聞き取れない状況だったがために、むしろ映像に集中できたのだと思う。僕は長いことシーンのアレンジを演者たちに委ねてきた。彼ら自身の状況で語ってもらう、つまり会話の多くは彼らの反射的な反応だ。そうした言葉はとてもリアルなもの。この手の演出であれば経験はかなり積んできたから、自分の撮影現場をしっかり把握できる。なぜなら僕は演者の状態に集中して、彼らの状態に沿って調整をしていくから。演者も集中して、その状態に入っていく。双方が共に真実を再構築することになり、それは真実の世界と同等なのだと思う。

たとえば陽子が妊娠を告げる。それは実家でかまわない。彼女は八月にお墓参りで実家へ戻り、母親は晩ご飯の支度をしている。彼女はつい寝こんで、目を覚ましたら夜中だった。台所で食べ物を探していると、母親も起きてきて夕飯を温めてやる。彼女はこのタイミングで妊娠のことを話す。では、肇に対してはどうするのか？　二人の関係は曖昧であり、周りに知られていないわけだから、どう切り出すのか？　二人は普段、駅のプラットホームで待ち合わせをする。彼女は別の場所から電車でやってきて、先頭車両で肇と合流する。二人は御茶ノ水駅で約束をして、彼女は高円寺から中央線で向かった。新宿まで来たら身体の具合が悪くて電車を降りてしまう。それでしゃがみこんで肇に電話を掛ける。少し待っていてほしいと。会ってからも彼女は体の調子が悪く、肇が問いかけると、彼女はさりげなく言うわけだ。妊娠していると。そして肇が呆然(ぼうぜん)とする。

朱　だから夕張もたくさん撮ったけれど、陽子の設定に合わないからという理由ですべてカットしたのね。当時、夕張にあった古い商店街が取り壊される予定で、私はそれをかなり大切な情報だと思っていました。ストーリー上では肇が陽子と夕張へ行って、人生経験も年齢も異なるバーのマダムとのやりとりがあり、マダムの男女関係の考え方や、通りが丸ごとなくなってしまう街の状況などが、現代に生きる、曖昧な関係の男女を描くにあたり、ある種の厚みとなってくれると思っていました。夕張市も撮影に合わせて店の取り壊しをひと月遅らせてくれたそうじゃないですか。その結果が、夕張のシーンの丸ごとカットとは。

侯 本来は、陽子は夕張に住んだことがあるという設定だった。彼女の母親がいなくなったとき、父親はヨーロッパにいて、彼女を夕張の親戚に預ける。今回の夕張は、彼女が親戚を迎えに来て、東京へ連れて行き、その人が目の手術をするという流れだった。ところが撮影をしていて一青窈が夕張に感情移入できないことに気づき、どうも撮影のリズム感が良くない。それで撮影はしたけれど、結果としてすべて放棄しました。

朱 出演者とのかかわり方ですが、たとえばロベール・ブレッソンは出演者をまるでマネキンのように、いわば道具的な扱いをしている。と言うのも、彼は実際の生活にはそう多くの表情はないだろうと思っているからです。だから彼は淡々と出演者に要求し続け、一つのシーンに対して数十回のリハーサルをしたりします。

ウォン・カーウァイもそうですよね。ただ彼の場合はスターが相手ですけど。スターには自分の習慣やリズム感があるのだけれど、何十回もダメ出しを続けて彼らを崩壊させてしまう。ウォン・カーウァイが欲しいのは演技が通用しない状態なのでしょう。あなたはたいていプロではない出演者を起用しますが、少数ですけどスターを使うこともある。でも、あなたの演出はウォン・カーウァイとはまったく違いますね。NGはほとんど出さない。ブレッソンとも違うわけです。あなたは怒りっぽいと人は言うけれど、出演者に対してはとても良い人だと思うわ。ウォン・カーウァイは俳優を追い詰めていくのよね。例えば鞏俐（コン・リー）に向かって、使い古した演技はやめにしようと言ったりする。あなたの口からそうした言葉を聞いたことがありません。あなたは自分の欲するものが撮れないと、壁を叩（たた）いたりします。『坊やの人形』の時に、陳博正（チェン・ボージョン）が演じるサンドイッチマンが子供を抱こうとすると、子供は父親だとわからずに泣き出す、というシーンを撮りましたが、あの子供は当時生後十カ月だったあなたの息子でした。陳博正は子供をつねることができず、子供は泣かなかった。あなたは焦るあまりにゲンコツで木の腰掛けを叩いて、ギブスを付けるほどのケガをしました。そんなふうに、あなたは自分に当たることはあっても、出演者をなじったりはしません。出演者に対する演出について聞かせてください。

侯　経験の積み重ねとしての結果だけど、長い間、プロではない出演者と仕事をしてきて、どんな状況を設定すれば彼らが演じやすいのか、ロングショットの使用も同じだが、経験が増えると出演者の可能性を判断できるようになる。プロの俳優でもそうではない出演者でも、この判断はとても大事だ。その上でこれでいける、となれば基本的には容易だと思う。現場でのアレンジはフレキシブルにやる。僕はセリフの暗記を要求しないし、何を演じているのかを理解してはもらうが、設定する状況は日常生活の範囲だから、誰にだって経験があるわけ。時間と空間が的確であればいい。たとえば何時に帰宅して、その時間に母親は何をしているか、父親は？　仮に設定した状況が長かった場合、僕は部分的にそれを切り取るかもしれない。でも撮影そのものは長いままです。仮に出演者が今日できなかったとしても、かまわない。ほかの日にトライすればいい。先に別のシーンを撮影してもいい。数日後に撮り直したら撮れるかもしれない。冷静で客観的に、しかも細やかで明確に出演者に向き合う、そういう態度が必要だと思う。

朱　だから、あなたはリハーサルをしないのね。

侯　そう、直接撮る。一番顕著だったのは『フラワーズ・オブ・シャンハイ』。原著は十九世紀末に書かれたもので、参考にしたのは張愛玲（チャン・アイリン）が現代語訳したバージョンだった。語る言葉は上海語で、練習が必要になる。となれば即興では無理。だから撮影の二カ月前くらいから出演者にセリフの練習をしてもらった。現場では水タバコを吸いながら、遊郭の雰囲気も必要だし、セリフの負担もある。出演者はちょっと大変だったかな。僕のやり方は、例えばトニー・レオンのパートはシーンが五つある。一日に一シーン撮り、それぞれ五つか六つのテイクだったかな。二日目は次のシーンを撮る。順撮りして、うまく撮れなかった部分は、ひと通り撮り終えたあとでまた撮影を行う。こんなふうに三回りした。演技をどうこう言うのは役に立たないけど、撮影のローテーションも三回目となれば、タバコの吸い方も反射神経のように自然になるし、話し方も滑らかになり、味わいが出てくる。相対的に言って、設定が現代の撮影は比較的簡単だね。

朱　あなたの『珈琲時光』の撮影は、日本での撮影慣習と異なるからでしょうか、〝ミスター・リテイク〟と呼ばれたとか？　のちに実はそうではなかったと周囲は気づいたようですが。

侯　プロデューサーの山本さんが会社へ戻るたびに、会社から今日は何を撮ったのかと聞かれるので、「リテイクです」と答えていたようで、彼がミスター・リテイクと呼ばれていたらしい。しかし実際はどうかというと……、僕はロケセット、つまり実在する場所を借りて撮影をすることが常なので、今回も書店、喫茶店など、どこもかつて撮影に貸したことがない場所ばかりだった。喫茶店の撮影前に、プロデューサーが撮影時間や、八十歳のマスターと制服をビシッと着こなしている四、五十歳の店員は誰が演じるのですか、と聞いてきた。僕は、今この店にいるマスターと店員が必要で、そのことを彼らに今は言わないでほしい、ただ、いつの時間帯なら店が空いているのか、その時間に撮影をするとだけ伝えてほしい、と答えたのです。彼らが実際にコーヒーを淹(い)れて運ぶ様子こそが良いわけだから。

またヒロインの陽子は、台湾の公共テレビのドキュメンタリー制作に協力しているプロデューサーという職業設定だったので、音楽家の江文也〔台湾出身の作曲家・声楽家。日本で音楽を学ぶが、戦時下に中国大陸に渡り、一九八三年に北京で死去〕の資料を探していて、喫茶店のマスターに取材をするというシーンがあった。そのときも、僕は事前にマスターに話さないでくれ、自然な反応のままで良いから、と言っておいた。だから多くの場合、その人の状態が理解できてやっと、どう演出して良いのかわかるんだよ。日本では必ず撮影場所を貸し切りにして、エキストラが演じるそうだけど、それではまずうまく撮れないと僕は話しましたね。

朱　台湾であれば、あなたのようなゲリラ撮影もよくあるのでしょうし、しかもあなたのスタッフはそういう撮り方を理解していますからね。だけど、日本人はおそらく〝影のごとき軍団〟だと思ったんじゃないですか？　始まりも終わりも迅速で、日本の仕事のやり方とはまったく異なるでしょうから。でも、その一回でうまく撮影できなかったらどうするのですか？

侯　日を改めて、同じ時間を狙って撮影する。その方が撮影場所にも迷惑がからない。一日中撮影で粘っていたら、お店の人たちは嫌になってしまうでしょう。

朱　ＪＲの電車もそう、ＪＲは基本的に撮影には応じませんよね。かつてテレビの撮影ではセットを建てるか、あるいは私鉄の車両を借り切って撮影したようですが、監督はどのように撮

『珈琲時光』撮影現場のスナップ

影したのですか？

侯　撮影前に脚本を提出して、映画は電車を語る内容です、と話したが、やはり断られた。それで日本サイドのプロデューサーが、たとえ許可していただけなくても私たちは撮りますよ、と話して、ＪＲ側は再び会議をしたようだが、返事はやはりノーだった。今回、許可を出してしまうと、社内で対応するセクションも必要となり、日本人の用心深い性格を考えると、影響が大きすぎるわけです。しかも山手線は最も運転間隔が短い路線だから。許可が下りないので、僕たちは盗み撮りをするしかなかった。

カメラ機材を先にばらしておいて、スタッフがそれを分担して、隠し持つ。車両に乗り込んだら即カメラの脚を立て、カメラを設置した。乗客にはテロか何かと勘違いして身構える人もいたが、撮影とわかれば無干渉だった。広範囲での撮影が必要なときは、プロデューサーの小坂が友達に声を掛けておいて、どこそこの駅のホームから乗ってきてね、と言っておき、〝サクラ乗客〟たちが第一車両に結集した。そのうち本来の乗客が減り、僕らが仕込んだ人たちだけになった。それから撮りたい映像を撮った。ただ運転士には注意を払ったよ。彼の背後は透明ガラスだから、スタッフが交互に視界を遮るべくその前に立つんだ。隠し撮りとはいっても、撮影自体は堂々と撮ってましたね。

朱　そういう撮影は何かを捉えようとする行為であって、ストーリー上の演出ではなく、撮影現場の置かれた環境に沿って出演者たちが作り出していくものなんですね。その結果を日本人が見るとびっくりするのでしょう。習慣的に考えていた映画のリアルというものは、このレベルではなかったと思います。電車や街角、人間にしてもいわば撮影のシステムが違うため、出来上がる映像も違ってくる。そして出演者たちが構築する家族関係、私たちの言う〝基調〟ですが、本当の家族として生きる彼らの姿です。日本の観客は、何かしらのチェック機能を通じて、わずかなシグナルでも、それなりに捉えることができるようです。映画を観た人たちがしきりに「豊穣な作品」だと言いますが、私が思うに、実はストーリー的にはシンプルを越えて、もはやストーリーなどないに等しい。

侯　日本の観客は耳で聞いているから。日本語を言語とする映画には字幕をつけない。字幕は時に何かしらの情報を失うことになるが、観客はダイレクトにセリフを聞いている。だからセリフが内包するものを、より明確に受けとめて感じることができるのだろう。

朱　セリフになっていない部分も聞き取っているわけですね。

侯　「灯台下暗し（もと）」ということかな。僕は他者の眼で見て、日本の観客に気づかせ、東京を違う角度で理解することを提起したのかもしれない。

朱　監督の映画は、出演者に触発されて制作する傾向がますます強まり、脚本が主体ではなくなっていますね。たとえば『ミレニアム・マンボ』ですが、もしも舒淇（スー・チー）がいなければ、あの映画は成立しません。しかもあなたは出演者と役柄を作り上げるようになってきている。あなたは今、スー・チーとトニー・レオンで新しいストーリーを考えているようですが、具体的にはどうやって創っていくのですか？

侯　トニー・レオンは小説を読むのが好きだから、僕が良いと思った本を彼に渡すことがある。かなり以前にブロック〔ローレンス・ブロック。サスペンスや探偵物で有名〕の本を紹介しました。相当時間が経（た）ってから、トニーは僕に、ニューヨークの探偵物を読んだけど、あの役柄は好きだな、ウォン・カーウァイに話してニューヨークで撮れないかなと言うんだ。その小説は僕がきみに渡したんだよ、と僕は答えたけど。

今回の『珈琲時光』の経験の延長線上で、僕は出演者と共にキャラクターを創っていけたらと思っている。ブロックの小説の人物を台湾に落とし込み、ジャンル映画、台湾ならではの推理ものにトライしてみたい。

来年の二月も台北で国際ブックフェアが開催され、ローレンス・ブロックを招くようだから、僕もトニー・レオンを招待してあちこち見てもらい、台湾を感じてもらえたらと思っている。僕の構想では、香港人の彼が台湾に十数年住んでいて、興信所で働いているという設定だ。警察にも顔が効くし、檳榔（びんろう）〔嚙みタバコとして使われる嗜好品〕もお手のもの、あるいは福建南部の訛（なま）りがある中国語を話すとか。スー・チーに関しては、この二、三年彼女はさらに前へ進みたいと思いながらも、方向が定まらないでいるように見える。僕は彼女に、ある二十歳の女性が撮影したものを見せた。この女性は自分でデザインをしてモデル経験もあり、撮影もできる。同性愛者かと思えば、男性ともつきあう、そんな人です。この人にスタイリストになってもらったらどうだろうとスー・チーに提案したら、興味を持っていた。こんなふうに進めた方が結果的に的確なんじゃないかな。『珈琲時光』みたいに、僕は一青窈が夕張での諸々を気にいると想像していたけれど、それは僕の感覚であって、彼女が実際にそう感じるとは限らないわけだから。

朱　私たちはトニー・レオンについて、すでに行き着くところまできたと語りましたよね。『２０４６』を観て、ウォン・カーウァイもそうだと。あなたも『珈琲時光』でやはり行き着いた感じです。私は若い頃に日本で胡蘭成先生が書かれた「到得帰来」という字を見たことがあります。「徹底して物事をなせば、本質に立ち返る」という意味です。さて、あなたの次の一歩はどうですか？

侯　だからブロックの来台を聞いて、トニー・レオンがブロックを好きだったと思い出し、共にキャラクター創りをと考えたわけです。推理もののジャンル映画を考えた動機も同様だよ。技術的なものは行き着くところまでやったので、改めて挑戦——自分をジャンル映画という枠にはめてみようかと思っている。たぶん普通のジャンル映画とは違う作品になるんじゃないかと。でも構成と内容はジャンル映画の範疇でね。

朱　正直に言うと、私はその考えに懐疑的です。今まで私たちは映画を撮るたびに、脚本を話し合う段階では作品のヒットを確信していました。ヒットしないなんて思ったことはなかった。しかし結果は？　孟子の名言をもじるならば、〝能わざるなり、為さざるにあらず〟で、私たちは精一杯やっているのだけど興行的に成功する能力がまったくないのです。今日のあなたがあるのは、あなたには物を見る眼力があって、それは濾過する網のように、あらゆる物事がそこを通り、あなたの好むものだけが取り込まれていく。そして編集室に入る段階では、なおさら嫌いなものを受け付けない。しかも、あなたが不要とするものは、得てして説明であったり、ドラマ的なものだったりするでしょう。だから、私は非常に困難だと思うのです。

侯　ここで言う〝行き着く〟という意味は、撮影現場での演出だけではなく、構造についても言える。分割されるものと、つながるものの問題ですね。小津作品を例にするならば、彼は生活のシーンを要素として映像を構築するが、それはやがてドラマのテンションへと到達する。この場合の構造とは、既存のリアリティに適合するようにそれぞれのシーンがきちんと作られていくこと。たとえば、どんな時間帯に何をしているのか、それは現実的なのかどうか、という基礎の上に、ドラマ性を加味する。それが構造ということで、自分の思うがまま好き勝手に撮ってるわけじゃない。だから脚本に沿って各シーンをきちんと分けて、一つ一つこなせば編集を通じて、ジャンル映画になるはずだよ。

朱　それでは監督は次の挑戦として、脚本に立ち返り、ジャンル映画を撮るのですね。今までは振り返るだけの余裕がなく、芸術的にも未熟だと感じ、観客に背を向けて徹底的に自分の作風をつきつめたわけでしょう。もちろん、そうしなければならないのでしょうが、映画業界の同業者たちを納得させるような頂点に達するのは、相当難しいことですね。私自身、文章を書いていても、この数年は文壇のつきあいも断ち、何もない状況の中、筆一本で人を納得させるには、修練を積み誰にも代え難いレベルに達していないとダメなのだと感じています。そこに至れば、おそらく自在に生きられるのでしょうけど。

侯　一般的に、売れる映画を創るのは容易だと思う。まず曖昧で複雑であることを避ける。観客はハリウッドの影響を受けているから。情報はシンプルでかつそれなりにリアルであることだ。

そうは言っても、実は簡単ではないですね。ハリウッドくらいの産業としての基盤があればできるだろうけど。台湾が中華圏におけるジャンル映画を開発しないと、中華圏の映画は永遠にハリウッドに対抗できない。だからやってみたい。トニー・レオンやスー・チー以外に、マギー・チャンにも出演してもらって。僕は観客に背を向けて久しいけど、実は背中にも目があって、姿はなくても観客と向き合っているんだ……（大笑い）

朱　こうして話をして気づいたのは、監督が語るのはすべて実例であり、抽象的な観念ではなく、細かな具体的な話だということ。かつて黒澤明監督と対談をした際もそうでしたね。周囲はてっきりあなた方が哲学的な人生の価値観とは、といったような話をするかと思っていたら、そうではありませんでした。むしろ互いに興味津々で実際の経験を語りあっていました。黒澤監督たちは撮影所システムの下(もと)で監督になったので、スクリーンで主役の前を遮るものがあるなどとても考えられなかったと仰(おっしゃ)っていた。あるいは別の人間が主役の前を行ったり来たりしていたとしても、主役には必ず焦点が当たっていなければならないのだと。だから黒澤監督はあなたの演出方法を奇跡的だと語ったのです。今日の私たちの話も、どうやら些末(さまつ)な断片的な話ばかりになりましたね。

あなたやウォン・カーウァイのような脚本に頼らない監督、また自分で脚本を書く監督たち（エドワード・ヤン、蔡明亮(ツァイ・ミンリャン)など）も不思議ですね。彼らが必要とするのは脚本ではなく、映画とは何ら関係もない文章だったりします。小説やエッセイは言うまでもなく、詩や論文だったりさえします。『2046』ではカンヌ映画祭の締め切りまであとひと月という頃に、ウォン・カーウァイが人を介して唐諾（タン・ヌオ）に、「変化と不変」について書いてほしいという話がありました。

私が思うに、あなたやウォン・カーウァイのような監督は、溢（あふ）れんばかりの珠玉の才能を持っているにもかかわらず、何かが足りないと思うのでしょう。その何かが、一本の糸のように個々をつないで形にする。それは〝名づけること〟と言えましょうか。では、私が命名をします。長らくあなたの脚本家をしてきましたが、私がしてきたことは、実は主題をつける作業に過ぎないのです。また胡蘭成先生の言葉を引用するならば、「この好天気、誰が名づける」となりますが、私は脚本家ですから、私が名づけ役となりましょう。

（記録と整理　張清志）

本書に登場する台湾ニューシネマの重要人物

陳坤厚〈**チェン・クンホウ**〉**初出P14**
一九三九年生まれ、台中出身。一九六六年に中央電影公司に研修生として入り、李行監督作品の撮影スタッフなどを務める。一九七九年から侯孝賢とコンビを組み、『我踏浪而來（波に乗ってやって来た）』で監督デビュー。一九八二年に侯孝賢、張華坤、許淑真と萬年青影業を設立する。朱天文の原作で陳坤厚が監督・撮影、侯孝賢・朱天文らが脚本を担当した『少年』は、金馬奨の最優秀作品賞と最優秀監督賞を受賞している。その後の監督作品には、朱天文脚本の『結婚』などがある。

小野〈**シャオイエ**〉**初出P17**
一九五一年生まれ。小説家として大学時代に聯合報文学賞などを受賞。一九八一年に中央電影公司の企画部に招聘（しょうへい）され、新人監督発掘企画を立案。それが『光陰的故事』をはじめ『坊やの人形』『少年』『海辺の一日』など国際映画祭で高く評価された台湾ニューシネマの主要作品にかかわることにつながっていく。脚本家としても『恐怖分子』『国中女生（女子中学生）』『我們都是這様長大的（私たちは皆こう育った）』などを手掛けた。その後は、主に小説やエッセイなど文筆活動をメインにしている。

呉念真〈**ウー・ニエンチェン**〉**初出P17**
一九五二年生まれ。大学在学中から小説家として活躍し、学生時代に中央電影公司に招聘される。脚本家として多くの台湾ニューシネマにかかわり、侯孝賢作品では『坊やの人形』から『悲情城市』『戯夢人生』まで脚本を担当している。一九九四年に発表した監督デビュー作『多桑　父さん』は、製作総指揮を侯孝賢が務めた。俳優としてもエドワード・ヤン監督の遺作となった『ヤンヤン　夏の想い出』などに出演している。

張華坤〈チャン・ホアクン〉 初出P26

一九五三年生まれ。台湾ニューシネマにおける重要なプロデューサー。『ステキな彼女』から『戯夢人生』にいたるまで侯孝賢作品をサポート。また、侯孝賢電影社（後の三三電影製作）にもかかわり、城市電影公司（城市国際電影公司）を設立。日本の三池崇史監督らとの合作も手掛けた。二〇二〇年十二月没。

廖慶松〈リャオ・チンソン〉 初出P35

一九五〇年生まれ、台北出身。映画編集者。中央電影公司の第一期映画技術者訓練班を経て中央電影入り。一九七八年の『生きてる限り、僕は負けない』以降、侯孝賢、エドワード・ヤン、萬仁らの台湾ニューシネマ作品をはじめ多くの台湾映画に携わってきた。その数は百本余り。二〇〇六年には国家文芸賞を、二〇一八年には金馬奨特別貢献賞を受賞。

エドワード・ヤン（楊徳昌） 初出P35

一九四七年生まれ。侯孝賢と並び称される台湾ニューシネマの雄。電気工学の修士号を取得し、南カルフォルニア州立大学で一年間映画を学ぶ。帰国後、『一九〇五年的冬天（一九〇五年の冬）』の脚本を経て、オムニバス『光陰的故事』の監督の一人に抜擢される。代表作は『牯嶺街少年殺人事件』『恐怖分子』『ヤンヤン　夏の想い出』など。二〇〇七年、ロサンゼルスで六〇年の生涯を閉じた。

曾壮祥〈ツエン・ツァンシャン〉初出P35

一九四七年生まれ。アメリカ・テキサス大学オースチン校で映画を学ぶ。帰国後、侯孝賢、萬仁とともに若手三監督を起用した台湾ニューシネマ黎明期のオムニバス『坊やの人形』の監督に起用され、第二エピソード「小琪(シャオチー)の帽子」を担当。その後、『殺夫(夫殺し)』など二本の長編を発表する。

萬仁〈ワン・レン〉初出P35

一九五〇年生まれ、台北出身。アメリカ・コロンビア大学で映画を学ぶ。一九八二年に帰国し、翌年に侯孝賢、曾壮祥とともにオムニバス『坊やの人形』の監督に起用される。『坊やの人形』では、物議を醸した第三エピソード「りんごの味」を撮っている。長編監督デビューは『嫁ぐ日』、その他代表作には『超級市民』『超級大国民』『超級公民』の超級シリーズ三作品がある。

柯一正〈クー・イーチョン〉初出P35

一九四九年生まれ。世界新聞専科学校(現・世新大学)を卒業後、アメリカ・コロンビア大学で映画を学ぶ。オムニバス『光陰的故事』の監督に、エドワード・ヤンらとともに起用される。その後、長編劇映画『我們都是這様長大的(私たちは皆こう育った)』『淡水行き最終列車』などを監督。俳優としても数々の作品に出演しており、一九九七年の監督作品『藍月』以降は、演技者として映画やテレビドラマにかかわることが多い。

スタン・ライ(頼聲川)初出P50

一九五四年、父親の仕事の関係でアメリカ・ワシントンDCに生まれ、その後、台湾に移る。カリフォルニア大学バークレー校で演劇を学び、帰国後、劇団「表演工作坊」を結成。表演工作坊のヒット作『暗恋桃花源』は映画版も評判を呼んだが、主軸は演劇活動であり、舞台演出家として国際的に知られている。台湾ニューシネマの映画人たちと交流がある。

楊士琪〈ヤン・シーチー〉 初出P53

映画記者。一九八四年に喘息がもとで死去。一九八三年に『坊やの人形』の第三エピソード「りんごの味」での庶民の描写が卑屈であることが問題視されエピソードの削除を求められた際、楊らメディアはこの事実を報道。その結果、映画は削除されることなく上映されることになった。楊の没後、映画人たちは楊の映画への愛と功績を称え、「楊士琪記念賞」を設けた。この賞は一九八六年から隔年で三回贈呈された後しばらく途絶えていたが、二〇一七年から台北電影節台北電影奨の卓越貢献賞と合併して復活し「楊士琪卓越貢献賞」となり、詹宏志、陳国富らが受賞している。

ペギー・チャオ（焦雄屏） 初出P70

映画評論家、プロデューサー。UCLAで映画の博士課程に進み、帰国後、台湾ニューシネマ勃興期の一九八〇年代より新聞等で評論活動を開始する。一九九〇年代半ばからはプロデューサーとして多くの映画を送り出している。また、台北芸術大学映画学科の教授として映画人材育成にもかかわっている。

陳国富〈チェン・クォフー〉 初出P74

一九五八年生まれ。映画監督、プロデューサー。映画評論や雑誌編集者として台湾ニューシネマにかかわり、金馬国際映画祭のプログラムディレクターを経て一九八九年に『国中女生（女子中学生）』

で映画監督デビュー。一九八六年のエドワード・ヤン監督作品『恐怖分子』では脚本顧問を務め、自身の監督二作目『宝島　トレジャー・アイランド』では侯孝賢のプロデュースを受けた。一九九九年以降は中国に拠点を移し、コロムビア映画のアジア地区統括、中国・華誼兄弟公司の芸術総監督を歴任するなど、プロデュース業に軸足が移っている。

詹宏志〈チャン・ホンチー〉 初出P78

一九五六年生まれ。台湾大学卒業後、新聞社のアメリカ駐在員を経て、出版や映画等メディアの世界で活躍。ニューシネマの映画人五十余名が署名し台湾映画の在り方を述べた一九八七年の「台湾電影宣言」にも参加。その後は、出版・インターネットビジネスで成功をおさめ、二〇一六年には民進党・蔡英文政権の政策顧問にも就任している。

陳懐恩〈チェン・ホアイエン〉 初出P109

一九五九年生まれ。主に一九八七年の『ナイルの娘』以降の侯孝賢作品のカメラマンとして知られているが、台湾ニューシネマには、スクリプターを務めた『坊やの人形』からかかわってきた。『戯夢人生』では助監督。二〇〇七年に初監督作品『練習曲』が大ヒット。ドキュメンタリー映画の監督としても活動している。

杜篤之〈ドゥ・ドゥージ〉 初出P161

一九五五年生まれ。台湾を代表するサウンドデザイナー。中央電影の技術訓練班を経て、『光陰的故事』の録音を担当。今日まで台湾映画はもとより香港、中国ほか多くの映画に参加、映画賞での受賞経験も豊富である。

林強〈リン・チアン〉 初出P169

一九六四年生まれ、彰化出身。歌手、俳優、作曲家。一九九〇年にアルバム「向前走」で歌手デビュー。台湾国語（北京語）ではなく台湾語のポップスという、当時珍しかったスタイルの音楽で話題を呼んだ。侯孝賢と出会い、『戯夢人生』『好男好女』『憂鬱な楽園』と三作品に出演（うち主演二作）するとともに、映画音楽（いわゆる劇伴）も手掛けるようになった。

【参考文献】

「電影新世紀　侯孝賢」ぴあ（株）PFF事務局　一九九〇年四月発行
「朝日ワンテーママガジン　侯孝賢」朝日新聞社　一九九三年十一月発行
「台湾映画祭　資料集・台湾映画の昨日・今日・明日」財団法人現代演劇協会　一九九七年十二月発行
「中華電影データブック　完全保存版」キネマ旬報社　二〇一〇年二月発行
台湾電影網　https://taiwancinema.bamid.gov.tw/Chi　その他

年表　台湾ニューシネマと侯孝賢・朱天文

※は朱天文脚本のもの。特記なき作品は侯孝賢監督作品

1973年	李行監督作品『心有千千結』で、侯孝賢はスクリプターを務める。	
1980年	『ステキな彼女（就是溜溜的她）』 『我踏浪而来』（陳坤厚監督、侯孝賢脚本） 『天涼好個秋』（陳坤厚監督、侯孝賢脚本）	
1981年	『風が踊る（風兒踢踏踩）』 『蹦蹦一串心』（陳坤厚監督、侯孝賢脚本）	
1982年	『川の流れに草は青々（在那河畔青草青）』 『恋は飛飛（俏如彩蝶飛飛飛）』（陳坤厚監督、侯孝賢脚本）	
1983年	『少年（小畢的故事）』（陳坤厚監督）※ 『坊やの人形（兒子的大玩偶）』（侯孝賢、曽壮祥、萬仁監督） 『風櫃の少年（風櫃來的人）』※	
1984年	『冬冬の夏休み（冬冬的假期）』※ 『小爸爸的天空』（陳坤厚監督、侯孝賢・朱天文脚本）※ 『嫁ぐ日（油麻菜籽）』（萬仁監督、侯孝賢・廖輝英脚本）	
1985年	『童年往事　時の流れ（童年往事）』※ 『台北ストーリー（青梅竹馬）』（エドワード・ヤン監督、侯孝賢主演）※	
1986年	『恋恋風塵（戀戀風塵）』※	民進党結成
1987年	『ナイルの娘（尼羅河女兒）』※	戒厳令解除
1988年		蒋経国死去 李登輝が総統に就任 言論統制解除

1989年	『悲情城市』※
1993年	『戯夢人生（戲夢人生）』※
1994年	『多桑　父さん（多桑）』（呉念真監督、侯孝賢プロデューサー）
1995年	『好男好女』※
1996年	『憂鬱な楽園（南國再見、南國）』※
1997年	オリヴィエ・アサイヤス監督ドキュメンタリー映画『HHH：侯孝賢』
1998年	『フラワーズ・オブ・シャンハイ（海上花）』※
2001年	『ミレニアム・マンボ（千禧曼波）』※
2003年	『珈琲時光』※
2005年	『百年恋歌（最好的時光）』※
2007年	『それぞれのシネマ「電姫戯院」（Chacun son cinéma - The Electric Princess House）』（カンヌ映画祭によるオムニバス企画）
	『ホウ・シャオシェンのレッド・バルーン（Le Voyage du ballon rouge）』※
2009年	侯孝賢、金馬奨執行委員会主席に就任（〜2013年）
2010年	『10＋10』（侯孝賢らベテラン10名と新鋭10名によるオムニバス）
2015年	『黒衣の刺客（刺客　聶隠娘）』※

台湾ニューシネマとは何だったのか。

宇田川幸洋

台湾ニューシネマに先行した香港映画のニュー・ウェーブは、1970年代の末にあらわれた。年度で区切るなら、アン・ホイ（許鞍華）の『瘋劫』、ツイ・ハーク（徐克）の『蝶変』などが封切られた'79年ということになるが、両者をふくむ新世代の映画作家たちは、それ以前にテレビのために（16ミリフィルムで）撮った作品で注目されていた。外国の学校で映画を学び、香港にもどって、まずテレビの現場で実践し、商業映画の監督となる、というのが香港ニュー・ウェーブの監督の典型的なコースだった。それまでにはなかった監督へのなりかただった。

スタイルと題材において、彼らは新しかった。題材については、これはテレビを通過したことの影響が大きいのだが、自分たちの生きる香港の現実に目を向けようという姿勢。スタイルにおいては、欧米の映画のようなリアリズム——ひいては、それが香港という場所を生きる、息せくような呼吸のリズムを生んだ。

右に言ったようなことで、台湾ニューシネマに共通する点もある。まず外国（ほぼアメリカ）で映画を学んできた人が多いこと。テレビをへて映画へというコースは、あまりなかったようだが、しかしエドワード・ヤン（楊徳昌）は、映画デビューまえに、上下で3時間近い長尺の『浮萍』（'81年）を監督している。台湾出身だが香港で人気女優となり、アン・ホイ『瘋劫』にも主演したシルヴィア・チャン（張艾嘉）がプロデュースしたテレビ・シリーズ『十一個女人』の1話である。ちなみに、このシリーズには、柯一正（クー・イーチョン）も起用された。

つぎに共通点としてあげられるのは、自分たちの生きる台湾の現実に目を向けようという姿勢。ニューシネマの母胎となった中央電影公司は、'60年代に「健康写実主義」をかかげて『海辺の女たち』（'64年）『あひるを飼う家』（'65年）等、台湾の現実――これもまた現実ではあるかも知れないが、農本主義的地方色ゆたかな一種の理想像――をおおらかにえがいた作品で一時代をきずいた。（侯孝賢は、当時『あひるを飼う家』が印象深かったのか『恋恋風塵』の野外のスクリーンに映し出している）。だが、'80年代になっての新人映画作家たちが見る現実は、かつてのような大所高所から見た、牧歌的な風景ではない。ではありえないからこそのニューシネマなのだ。

ちょっと、よけいなことを言わせてもらうと、健康写実路線のころの俳優で、いちばん印象にのこっているのは、崔福生（ツイ・フーション）という人。いい人、りっぱな人ばかり出てくるなかで、ダメでなさけないオヤジという役どころばかりやっていた、うけ口の中年男だ。ポジティヴな名優、葛香亭（グー・シャンティン）と対をなすネガティヴ人間。この人は、『川の流れに草は青々』（'82年）で不法な漁法で魚をとったり、朱天文と侯孝賢の出会いの作品『少年』（'83年）では、けっしてりっぱではないたたずまいだが、いいところのある義父役をやったり、ニューシネマの時代になっても、そのままやっていって、とけこんでる俳優だ。逆に言うと、こういう人が、きわだって目立たないのが、リアリズムの映画だ。

侯孝賢は、健康写実路線の巨匠、李行（リー・シン）のスクリプターとして出発し、助監督をつとめ、李行のために脚本もかいている。彼の初期のケニー・B（鍾鎮濤）主演の3作は、まだその影響下にある。つまり、彼はニューシネマの陣営にくわわるまえに、商業映画を3本も監督していて、それ以前にもプロの現場で方法をおぼえてきた、たたきあげの監督なので、アメリカの大学で映画を勉強してきた、劇場用作品を撮ったことのない新人たちのなかにあって、まったく異質の存在だった。

台湾ニューシネマの最初の矢としてはなたれたのが『光陰的故事』（'82年）だった。4人の新人監督に、1話ずつ独立したはなしを撮らせたオムニバス。陶徳辰（タオ・ドゥーツェン）、エドワード・ヤン、柯一正、張毅（チャン・イー）。あとから見ると、そうそうたる顔ぶれ。だが、いま見ると、エドワード・ヤンのうまさがズバぬけている。うまさというより才能が突出している。

翌年に『坊やの人形』（'83年）が公開される。「郷土文学」の代表的作家、黄春明（ホアン・チュンミン）の小説3篇を侯孝賢、『スーパーシチズン超級大国民』（'95年）の萬仁（ワン・レン）、『夫殺し』（'84年）の曾壮祥（ツェン・ツァンシャン）が監督した。

侯孝賢は、表題作をまかされている。だが、むかし見た記憶のかぎりだと、3本のうちで、『光陰的故事』のエドワード・ヤンのようにズバぬけたり、突出したりはしていなかったように思う。

また、のちの侯孝賢につながるようなスタイルの発見もできていない。かといって初期作品のような無意識ののびやかさもない。

ここで彼は、へんな言いかただが、ニューシネマという壁にぶつかったのではないか。意識的に映画を勉強してきた同世代の連中のなかで、映画づくりについて、あらためてかんがえたのだろう。

オリヴィエ・アサイヤス監督のドキュメンタリー『HHH：侯孝賢』（'97年）のなかで、陳国富（チェン・クォフー）は、ニューシネマの時代をふりかえって、あのころは、みんな毎日のようにエドワード・ヤンの日本家屋の家にあつまって、映画のはなしをしていた、みんなのアイデアをかきとめるホワイトボードもあった、と証言していた。映画に熱くのめりこんだ季節があったのだ。そのところは、香港のニュー・ウェーブよりも、ニュー・ウェーブの元祖フレンチ・ニュー・ウェーブ、つまりヌーヴェル・ヴァーグに近かったのかも知れない。

そうした熱い波にもまれて、侯孝賢は、自分の映画観をみがいていったのだろう。それが『風櫃の少年』（'83年）になり、『冬冬の夏休み』（'84年）になり『童年往事 時の流れ』（'85年）そして『恋恋風塵』（'86年）になる。どんどん美しく、つよくなるスタイル。

エドワード・ヤンが『恐怖分子』（'86年）を、侯孝賢が『恋恋風塵』をはなったころに、ニューシネマの熱い季節は終わったような感じがする。あとは、ほかの監督たちも、それぞれに成長していった。批評家だった陳国富が、監督をへて、いまは中国の娯楽大作をプロデュースしている。

ムーヴメントとしてのニューシネマの季節は終わったが、のこしたものは大きい。侯孝賢とエドワード・ヤンは、ニューシネマが生んだ二大巨匠となり（まるでヌーヴェル・ヴァーグのゴダールとトリュフォーのように）不滅の存在となったが、ほかの監督たちも、それぞれの道を行った。'87年の戒厳令解除など、時代のはげしい変化のなかで、台湾人のアイデンティティーを発見して、つみかさねるという方向性は、その後の新しい世代の映画作家たちにもうけつがれている。

編訳者あとがき

この本は侯孝賢監督の脚本家として知られる台湾の作家、朱天文（チュー・ティエンウェン）さんのエッセイや講演、対談を集めて翻訳したものである。出版企画のきっかけは、二〇一七年、エドワード・ヤンの『台北ストーリー』４Ｋデジタル修復版が日本初公開されるのを記念して、主演・製作・共同脚本の侯孝賢と、同じく共同脚本の朱天文さんが来日して取材に応じたときにさかのぼる。

二人は亡きエドワード・ヤンのために、一九八五年の製作当時のことを一生懸命思い出しながら、台湾ニューシネマ初期の輝く瞬間を熱く語ってくれた。そのとき通訳を担当した私は、三十年以上前のディテールを朱天文さんが実に鮮明に再現できることに気づいた。たとえば、この本にも書かれていないが、『台北ストーリー』の撮影前に蔡琴（ツァイ・チン）がレーコーディングしているスタジオをヤン監督と一緒に訪ねたことがあって、そのとき、ヤンがガラスの向こうの蔡琴をうっとりと眺め、「セクシーだね」とつぶやいたこと。また、侯孝賢と三人で脚本を練っていく段階で、ヒロインのアジンについて短編小説を書いてほしいとヤンに頼まれ、都会に暮らす女性を主人公に小説を書いたのだそうだ。その手書きの小説はもう残っていないが、ヒロインのキャラクターに投影されているであろうこと等々。

オリヴィエ・アサイヤスのドキュメンタリー『ＨＨＨ：侯孝賢』で、陳国富（チェン・クォフー）は感極まったように「あの頃の感情を取り戻せるのなら、自分の作品を売り渡してもいい」とまで言ってニューシネマ時代を懐かしんでいる。朱天文さんは最初からそのただ中にいて、ニューシネマの革命的な若いパワーとそれが変化してゆく様も見届けてきた生き証人である。三日間お二人の通訳としてご一緒するうちに、私はふと、朱さんの記憶を彼女自身のペンで残しておくべきであり、それを日本の映画ファンにも伝えたいと思った。そして、『台北ストーリー』を配給したオリオフィルムズの鈴木一さんの協力も得て朱さんの映画関係の著作を探して取り寄せたところ、ニューシネマ時代の興味深いエピソードが盛り込まれたエッセイがかなりあることがわかった。その後二〇一八年に台北に朱さんを訪ねたとき頂戴した、台湾の印刻出版から出た『最好的時光（最良の時）』『劇照會説話（写真は物語る）』（ともに二〇〇八年）を底本として選んだ作品を翻訳することにした。

朱天文さんは脚本家として四十年近くの歳月を侯孝賢映画とともに歩んできたが、この本がよくある回顧本と大きく異なるのは、今の視点で来（こ）し方を振り返ったり批評したりするものではなく、まさにその時々に書かれた文章を集めたという点だろう。当時の様々な雑誌や機関誌に発表されたものなので、一篇ずつ形式も異なり、侯孝賢の全作品を網羅しているわけでもない。作品で言えば、『百年恋歌』までであるが、どれも時代の雰囲気を生き生きと伝えている。

第一章は、前述の『最好的時光』というエッセイ・脚本集から、十五篇の作品を選び、執筆年代順に配列して、台湾ニューシネマが産声を上げると同時に朱さんが映画業界に足を踏み入れ、結局長い年月を侯監督とともに歩むことになったプロセスを見渡せるようにした。明星（ミンシン）珈琲館で初めて会った一九八二年、つまり台湾ニューシネマの作品誕生に若き闘士たちが集合した年から始まり、侯監督作品を軸にニューシネマとそれ以降の流れを追っていけるようにした。

第二章は、同じく前述の印刻出版の『劇照會説話』から十三篇を訳出した。これらは『印刻文学生活誌』という文学・カルチャー誌に朱さんが二〇〇三年から二〇〇六年まで連載したコラムで、映画関係の写真一枚を選んでエッセイを書くというコンセプトだった。全部で三十四篇あったが、侯孝賢や日本にかかわりのあるものを選んだ。

侯監督は台湾映画界の技術革新や人材育成にも多大な功績を残している。そのようなニューシネマの仲間たちと侯監督との共同作業についても朱さんのエッセイにあるものは紹介したいと思い、第一章には編集の廖慶松（リャオ・チンソン）、第二章では録音の杜篤之（ドゥ・ドゥージ）に関するエッセイを選んだ。

そして特筆すべきは書き下ろしてもらった一篇「東京の家——JR大久保駅前 甲隆閣と『ミレニアム・マンボ』」。甲隆閣は長年、侯監督が東京に来るときの定宿として有名で、なぜここなのか私はずっと不思議に思っていた。『ミレニアム・マンボ』のスチール写真に寄せて、著者が書き下ろしたこのエッセイは日本の侯孝賢ファンへの贈り物でもある。

第三章は一章と同じ本『最好的時光』に収録されていたインタビュー記事、講演記録、そして監督との対談から構成した。ここからは、作家・脚本家としての朱天文さんの役割、監督とのかかわり方がよく見えるはずだ。侯監督のようにストーリーを追うことや俳優が台本どおりに台詞を言うことに興味を示さない監督にとって、脚本家の役割は何なのか疑問を抱いたり、あるいはこれは大事だと考えて工夫を凝らした台詞を書いておいても撮影ではバッサリと切られ完成した映画を観て大きな失望感を味わうということも吐露されている。そこには、監督を信じつつも、ときに客観的にズバリと意見を言う作家の矜持が垣間見える。

さて、今さらながらではあるが、著者のプロフィールを紹介しておきたい。一九五六年に高雄鳳山（フォンシャン）で生まれた朱天文さんは、三姉妹の長女で、天心、天衣という妹がいる。父、朱西甯（チュー・シーニン）は山東省出身の著名な作家で一九四九年に国民党に従って台湾に渡ってきた。著者の文学の師として本書にもたびたび登場する文人、胡蘭成（フー・ランチョン）は父の友人であり、一時期、台湾で一家の身近に暮らしていた。そのとき朱家の三姉妹は胡蘭成から古典の講義を受け、その影響の大きさは本書の随所に見られる。また、母の劉慕沙（リウ・ムーシャー）は台南苗栗（ミャオリー）出身の本省人で、日本文学の翻訳者として、川端康成、三島由紀夫、井上靖、大江健三郎などの作品を多数手がけている。妹の天心も小説家として活躍し、彼女の夫が作家・評論家の唐諾（タン・ヌオ）、そして下の妹天衣も作家という文学一家で、台湾では「文学朱家」として有名である。

このように文学界のサラブレッドとも言える朱天文さんは十六歳で初めて小説を発表し、淡江大学英文科在学中に三三書坊を創立して小説やエッセイを出版した。卒業後も小説やテレビドラマの脚本を書いていたが、二十六歳のときに侯孝賢と運命の出会いを果たし映画の世界に入った。

そこからが本書の語るところである。明星珈琲館で侯孝賢監督と出会ったことが、朱天文さんの人生を方向づけたと同時に、古今の文学に通じた朱天文という作家との出会いがその後の侯孝賢作品に大きな影響を与えたことは確かである。

脚本執筆の合間にも、小説は継続して書かれ、一九九四年には長篇小説『荒人手記』（日本語版は二〇〇六年、池上貞子訳、国書刊行会）を発表して、翌年に第一回時報文学百万（元）小説賞を受賞。また短篇の代表作に「世紀末の華やぎ」（一九九〇年、短篇小説集『世紀末の華やぎ』に所収、一九九七年、小針朋子訳、紀伊國屋書店）などがある。これらの小説を読んでみると、一見、侯孝賢映画のイメージと大きく異なることに驚くだろう。『荒人手記』はゲイを主人公にした虚無的で耽美的な雰囲気があり、「世紀末の華やぎ」はファッションモデルの若い女性を描き、嗅覚の小説と言えるほど数多くの香りで充満した頽廃的なイメージの物語だ。

このような独特の世界観は侯孝賢作品に濃厚に反映されているようにも思えてくる。特に現代を背景にした映画、たとえば『好男好女』で伊能静（イーナン・ジン）が演じる現代のパートの男女関係、『ミレニアム・マンボ』や『百年恋歌』のスー・チーが演じる複雑な女性像、あるいは『珈琲時光』の一青窈の人物像などは彼女の小説に見られる孤独感漂う人物のイメージと通じるものがある。ニューシネマ時代からその後の侯孝賢作品において、朱天文という作家が如何に重要だったかがわかる。

本書には朱天文さん秘蔵の写真を数多く入れることができた。いつも監督と一緒にいた朱さんだからこそ所有する侯監督やエドワード・ヤンほか台湾ニューシネマの仲間たちの写真、また本書に登場するご家族や恩師の写真も特別に提供していただいた。ご自分が初監督したドキュメンタリーの二〇二〇年金馬奨での上映会や韓国の文学祭関連で非常に多忙な中、貴重な写真を探して一枚ずつキャプションを付けてくれた。日本版について、訳者が自由にエッセイを選ぶことを勧めてくれて、書下ろし執筆にも快く応えてくれた朱天文さんご本人にあらためて心から感謝したい。

そして、出版を引き受けてくれた竹書房の小笠原真さんと富田利一さんには、大変お世話になった。横須賀拓さんにブック・デザインを依頼してくれて、希望どおり、明星珈琲館から監督と朱天文さんの半生に読者が入っていく、というコンセプトの本を創ってくれた。お二人の忍耐と寛容に深く感謝する。

この本はコロナ禍のさなかに台湾とのやり取りを進めざるを得なかったため、思わぬところで様々な人にお世話をかけた。朱天文さんはパソコンもスマートフォンも持たぬ伝統的な文人なので、本当は訳者が再度台北に行く予定をしていたのだがもちろん不可能で、原稿の確認や写真のスキャンデータの送付には、中継してくれる人が必要だった。印刻出版社の副総編集長の江一鯉さんには朱さんのガラケー（本人に言わせれば骨董級の携帯電話）との頻繁なメール中継でご迷惑をかけたが毎回迅速に対応してくれた。また同社編集部の陳健瑜さんは監督と朱さんの対談時の写真を何枚も提供してくれた。『ミレニアム・マンボ』のスチール写真は、三視多媒体公司の徐慧霓さんが見ず知らずの私にメールで提供してくれた。そして詰めの頃には朱さんのご近所さんだという莉(リー)さんが朱さんの手書き原稿をタイプアップしてメール送付、写真データもスキャンして送ってくれた。顔も知らない台湾の方々の善意を身に染みて感じたコロナ禍ならではの得難い経験だった。

翻訳は、小坂史子さんとの共同作業だった。侯孝賢やエドワード・ヤンの字幕翻訳者として読者もたびたびスクリーンで名前をご覧になっているだろう。「朱天文さんのためなら」と翻訳参加を快諾してくれたのである。私たちはそれぞれ分担した文章を訳してから互いの訳文に目を通し、最終的に樋口が統一をした。小坂さんは『戯夢人生』から侯孝賢監督の映画製作にかかわるようになり、『黒衣の刺客』のプロデューサーまで、制作、通訳、字幕翻訳で三十年近くを侯監督と仕事をしてきた人であるから、翻訳に小坂さんが加わってくれたことで、現場や技術のことを含め、実情に見合った正しい翻訳に近づけたかと思う。また、第三章の対談でも触れられているように侯監督が「コーヒー・ガール」と呼び、『珈琲時光』のヒロインのモデルともなった。だから、小坂さんもまた台湾ニューシネマの重要な一員なのである。

なお、台湾で起こったニューシネマについて、評論家の宇田川幸洋さんが香港ニュー・ウェーブから説き起こして、見通しのよい解説をしてくれた。当時から香港・台湾を中心にアジア映画を数多く深く観てきた評論家ならではの卓見で、読者の台湾ニューシネマ理解を助けてくれるものだ。また、台湾映画のライターとしてニューシネマの作品に詳しい稲見公仁子さんは、本文中の一部訳注と巻末の人物一覧や年表など資料面を引き受けてくださり、大いに助けられた。野上照代さんが所有する黒澤明監督と侯孝賢監督の写真を膨大な資料の中から見つけくれた石黒美和さん、小川紳介監督のことでお世話になった山形国際ドキュメンタリー映画祭の濱治佳さん、神戸映画資料館の安井さん、難解な文章の解読をビデオ通話でサポートしてくれた劉笑梅先生、用字用語の統一を手伝ってくれた森弥生さん、皆さんにお礼を申し上げたい。

朱天文さんの文章は、そのひとのたたずまいと同様に美しく凛とした文体でつづられている。その深い味わいを十分に表現する日本語力は訳者にはないので、拙い訳文でも原文が伝えようとする想いを読者の方々が読み取ってくれるようただ願うばかりだ。

取材の打ち上げをした渋谷の居酒屋で、巨匠、侯孝賢がしみじみとこう言った。

「エドワード・ヤンに敬意を表して乾杯!」

そのそばで、朱天文さんもうなずきながらニッコリ微笑み、杯を挙げた。侯監督とヤン監督が互いに相手の才能を認め尊敬しつつ映画を製作していたあの頃、朱さんはやっぱりこんなふうに監督の隣で楽しそうに微笑んでいたのだろう。

樋口裕子

二〇二一年二月三日

朱天文　家族の肖像
そして生涯の師——胡蘭成（フー・ランチョン）

朱天文６歳、作家の父・朱西甯と

1965年、母・劉慕沙（日本文学の翻訳家）と三姉妹（天文、天心、天衣）

1964 年、苗栗銅鑼の外祖父の家。前列中央の外祖父と外祖母を囲んだ一家。
左から父、母、その前が朱天文。第二章に出てくる叔父さんもいる

1964年、外祖父の家（重光診療所）の前。
夏休みが終わり、台北から父が三姉妹を迎えに来た

1980 年、桜満開の新宿御苑にて、文学の師・胡蘭成と。
＊胡蘭成：中国の政治家・思想家・作家で書家としても有名。1940 年代前半、南京にあった汪兆銘政権で役職に就くが、のちに辞職。40 年代に一世を風靡した上海の小説家・張愛玲と結婚し数年で離婚。70 年代に台湾に滞在したときに朱家の姉妹に古典を教え、朱天文に強い影響を与える。その後日本に居を定め、1981 年に東京の福生で死去

1991 年、胡蘭成の墓前で。侯孝賢と朱天文一家。
「東京の家」で書いたとおり、家族旅行で日本に来た一家は大久保の甲隆閣で侯孝賢やスタッフと合流した

2009 年、台北で行われた「大江健三郎国際シンポジウム」で大江健三郎と談笑する朱天文と劉慕沙。『珈琲時光』で、陽子が肇に夢の話をするプロットは、大江健三郎の『取り替え子〈チェンジリング〉』からも着想を得ている

台北木柵の家の客間にて。天文、天心と母の劉慕沙。
文学一家らしくテーブルには本が積まれている

【初出一覧】

＊〔　〕内は原題　＊年月日は執筆時点

第一章　侯孝賢と歩んだ台湾ニューシネマ時代

○映画界へ——侯孝賢監督と運命の出会い〔下海記〕一九八二年十二月『真善美雑誌』
○私たちの安安——『冬冬の夏休み』〔我們的安安呀〕一九八四年六月一日『明道文藝』
○初めての侯孝賢論〔初論侯孝賢〕一九八四年十月二十一日　初出不詳
○『台北ストーリー』とヒロイン蔡琴〔《青梅竹馬》訪蔡琴〕一九八五年一月二十五日　初出不詳
○金色の砂　かけがえのない日々——『台北ストーリー』の頃〔金沙的日子〕一九八五年三月『自由日報』
○『童年往事　時の流れ』の撮影〔《童年往事》製作〕一九八五年七月『童年往事專刊』
○エドワード・ヤンと侯孝賢〔楊徳昌與侯孝賢〕一九八六年八月『幼獅少年』
○映画と小説〔電影與小説〕一九八六年七月『中国時報』
○ニューシネマに生存の場を〔給另一種電影一個生存的空間〕一九八六年十二月二十五日『恋恋風塵』の脚本〔呉念真・朱天文共著、一九八七年〕出版時の序文
○台湾ニューシネマの父　明伯父さん〔明伯伯〕一九八七年五月　初出不詳
○『悲情城市』後記〔『悲情城市』後記〕一九八九年十月十二日『悲情城市』の脚本出版時の序文
○歳月が変えてゆく東豊街〔歳月偷換了東豐街〕一九九〇年三月『ヴォーグ』
○小川紳介監督を悼む〔寫給小川紳介〕一九九二年二月八日『キネマ旬報』一九九二年五月下旬号「特集

小川紳介の足跡」 今回新たに訳出
○『戯夢人生』の〝雲塊編集法〟（雲塊剪接法——序《戯夢人生》） 一九九三年五月 『戯夢人生』の脚本出版時の序文
○今回彼は動き始めた（這次他開始動了——序《好男好女》） 一九九五年五月十三日 『好男好女』の脚本出版時の序文

第二章 写真が語るあの時 この想い

＊「東京の家」を除き、『印刻文学生活誌』二〇〇三年十月〜二〇〇六年八月の間に連載された全三十四篇から十三篇を選んで訳出。

○サンプラスとチーター（山普拉斯&猟豹）
○『憂鬱な楽園』とコッポラの『雨のなかの女』（雨族）
○『好男好女』の〝好男〟——医師 蕭道應（好男）
○昔むかし浦島太郎がいました——冬冬のおじいちゃんの家（从前从前有个浦島太郎）
○ふたたび外祖父の家へ（再回外公家）
○音狂い——杜篤之の同時録音への道（音痴）
○ケータリング車——侯孝賢監督の贈り物（快餐車）
○無音の所在——桜の散る音（無声的所在）

○最良の時――『百年恋歌』の時代（最好的時光）
○夢の出会い（夢晤）
○天気待ち（等天気）
○人、旗じるしの下に集う（呼群保義）
○そして光ありき――『戯夢人生』（然後有了光）
○東京の家――JR大久保駅前 甲隆閣と『ミレニアム・マンボ』（東京的家） 二〇二〇年十一月二十六日 本書のための書下ろし

第三章 侯孝賢を語る・侯孝賢と語る

○侯孝賢の映画と女性像（那些侯孝賢最美的影片） フランスの『カイエ・デュ・シネマ』誌によるインタビュー 一九九九年八月
○『フラワーズ・オブ・シャンハイ』の撮影 「張愛玲と現代中国語文学」国際学術シンポジウムでの講演（海上花的拍攝――「張愛玲與現代中文文学」国際学術検討会座談記録） 二〇〇〇年十月
○この好天気、誰が名づける――朱天文・侯孝賢対談（好天気誰給題名――朱天文対談侯孝賢）『印刻文学生活誌』 二〇〇四年十一月

【著者】**朱天文**　チュー・ティエンウェン

台湾の作家、脚本家。一九五六年、高雄鳳山生まれ。『風櫃の少年』から『黒衣の刺客』まで、侯孝賢作品のほぼ全作の脚本を担当。小説では、短篇『小畢的故事（小畢〈シャオビー〉の物語）』が台湾ニューシネマ誕生のきっかけとなった。邦訳に長篇『荒人手記』や短篇集『世紀末の華やぎ』『安安の夏休み』などがある。

【編訳】**樋口裕子**　Yuko Higuchi

翻訳家、エッセイスト、早稲田大学非常勤講師。著書に『懐旧的〈レトロ〉中国を歩く——幻の胡同・夢の洋館』、訳書に『藍色夏恋』『ザ・ホスピタル』『上海音楽学院のある女学生の純愛物語』など。字幕翻訳者・映画関係の通訳者としても活躍。

【翻訳】**小坂史子**　Fumiko Osaka

映画制作会社「四面楚歌」の代表。侯孝賢やエドワード・ヤン作品の字幕翻訳を多く手掛ける。

侯孝賢（ホウ・シャオシェン）と私の台湾ニューシネマ

2021年4月8日　初版第一刷発行

著　朱天文

編訳　樋口裕子　小坂史子

デザイン　横須賀拓
本文組版　IDR

発行人
後藤明信
発行所
株式会社 竹書房
〒102-0075
東京都千代田区三番町8－1
三番町東急ビル6F
email : info@takeshobo.co.jp
http://www.takeshobo.co.jp
印刷所
中央精版印刷株式会社